جنـاح
قسم الجراحة
التاسع

رواية

جناح قسم الجراحة التاسع

بيامي صفا

ترجمة
محمد عز الدين سيف

دار جامعة حمد بن خليفة للنشر
HAMAD BIN KHALIFA UNIVERSITY PRESS

دار جامعة حمد بن خليفة للنشر
صندوق بريد 5825
الدوحة، دولة قطر

www.hbkupress.com

Dokuzuncu Hariciye Koğuşu © Peyami Safa, 1996.
This translation of *Dokuzuncu Hariciye Koğuşu* is published by Hamad Bin Khalifa University Press via Akdem Copyrights and Translation Agency.

جميع الحقوق محفوظة.

لا يجوز استخدام أو إعادة طباعة أي جزء من هذا الكتاب بأي طريقة دون الحصول على الموافقة الخطية من الناشر باستثناء حالة الاقتباسات المختصرة التي تتجسد في الدراسات النقدية أو المراجعات.

الطبعة العربية الأولى عام 2022
دار جامعة حمد بن خليفة للنشر

الترقيم الدولي: 9789927155819

تمت الطباعة في الدوحة-قطر

مكتبة قطر الوطنية بيانات الفهرسة – أثناء – النشر (فان)

صفا، بيامي، 1899-1961، مؤلف.

[Dokuzuncu Hariciye Koğuşu]. Arabic

جناح قسم الجراحة التاسع : رواية / بيامي صفا ؛ ترجمة محمد عز الدين سيف. – الطبعة العربية الأولى. - الدوحة، دولة قطر : دار جامعة حمد بن خليفة للنشر، 2022.

صفحة ؛ سم

تدمك: 978-992-715-581-9

ترجمة لكتاب: Dokuzuncu Hariciye Koğuşu.

1. القصص التركية -- المترجمات إلى العربية. 2. الروايات. أ. سيف، محمد عز الدين، مترجم. ب. العنوان.

PL248.S28 D6125 2022

202228323865 894.3533 – dc23

مستشفى الأطفال

لا أحد يفوقهم في الانتظار.

اقترب وقت الظهيرة، واحتشد الناس أمام غرفة المعاينة. لم يبقَ مكان للجلوس، فما وجدَ القادمون الجدد بدًّا من الوقوف، وجلست الأمهات القرفصاء مُستنِدات إلى الجدار كي يُجلس صغارهنَّ المرضى على ركبهن.

كان الممر مظلمًا، وكانت أشعة الضوء الخافت تنفذ من الزجاج المستطيل البارد للأبواب الموصدة، فتضرب الجدران العالية العارية لترسم لوحة موحشة.

كان من بين أولئك المحتشدين مَن انتظر لساعات طويلة، غير أنهم دأبوا على هذا الأمر. كانوا قليلي الحركة، مُعرِضين عن السلام والكلام.

ثمة باب في نهاية الممر يُفتَح ويُغلَق، فيسمعون صريره ولا يرون صورته؛ يسمعون وقع أقدام تسير وكأنها تحتكُّ بالأرض احتكاكًا، ويرون القمصان البيضاء كأنها تتطاير فلا يبقى لها أثر حين تغيب عن أنظارهم. وتختلط رائحة اليود و(الإيثر) والزيت والإفرازات وغيرها من الروائح لتصنع رائحة المستشفى التي لا يستطيع المرء أن يحل لغز تركيبها.

وجاء كلُّ صغير مريض مع قريب له بدا أشدَّ قلقًا من الصغير نفسه؛ فها هي إحدى الأمهات تتظاهر أنها تزرِّر قميص صغيرها الذي لفَّت كتفه بلُفافة، فتمسح على ظهره، لتُعِدَّه للألم الذي سيتجرَّعه بعد قليل.

لم يكن أحد فيهم يجلس جلوس الإنسان السوي. كان الصغار المرضى بأذرعهم الملفوفة أو أرجلهم التي فقدت توازنها يترنَّحون ويتمايلون كلهم بلا استثناء، أما الكبار فكانوا ينحنون نحوهم يواسونهم.

كانت هناك بنت صغيرة لُفَّ رأسها من كل جانب سوى إحدى وجنتَيها وإحدى عينَيها، صارت تُحدِّث أباها بلغة الإشارة بعد أن عجزت عن تحريك شفتَيها. أما الآخرون؛ فقد قبضت الجبيرة على رِجل هذا، وأحكمَ الرباط على رقبة ذاك، وعُلِّقت ذراع آخر، وكأن الأربطة شُدَّت على أطرافهم كلها فباتوا وكأن على رؤوسهم الطير...

كان اهتمامهم بكل قادم جديد لمدة قصيرة؛ تُرفَع الرؤوس المذعِنة قليلًا، وتميل نحو الباب الكبير، ثم تعود إلى حالها مرة أخرى. كان كل واحد منهم قليلًا ما يشتت انتباهه المُركَّز على نفسه ليراقب غيره. بدا أنهم يعرفون كل قادم جديد حتى وإنْ كانوا يرونه لأول مرة، فثمة قرابة بينهم أقوى من قرابة الدم، كانوا يشعرون أنهم أفراد أسرة معنوية يجمعهم الألم والخوف، كانوا على يقين مُطلق أن لا أحد من الإنْس يفوقهم في الصبر والانتظار.

غالبًا ما يتشابه الصغار في هذه الأحوال: النظرات الواعية لِمَا ذاقوا من المخاوف والآلام، والوجوه الشاحبة بالتجارب الثقيلة مقارنةً بأعمارهم إذ راحت تدل على ما تخفيه، والرؤوس التي خضعت من شدة تحملها، والأمل... ينظرون إلى باب غرفة المعاينة بأمل.

يُفتَح باب غرفة المعاينة.

يشير رجل جسيم قوي ذو قميص أبيض إلى أحدهم وينادي بصوتٍ عالٍ.

يحارُ الطفل الصغير بين نهاية عذاب الانتظار وبداية خوف دخول الغرفة، وبينما يدخلها مستندًا إلى ذراع أبيه، تخرج رائحة دواء مختلطة برائحة دم فاسد، فترعِشُ خياشيم المنتظرين الحسَّاسة رعشةً خفيفةً، وتلتصق من غير أن يراها أحد بالجدران العالية في الممر الطويل كطِلاء لا لون له.

عذاب الطفل الوحيد

مشيتُ غابطًا حتى صحة الأشجار.

كنتُ أنا أيضًا بينهم، وليس معي قريب، لكن رافقني مرض مجهول، مرض يقضُّ مضجعي مذ كنت في الثامنة من عمري.

انتظرتُ أنا أيضًا لسنوات أمام غرفة المعاينة هذه وأمام غرف معاينات كثيرة لا أحصيها. ولم يكن معي أحد من أقربائي. كنت أدخل وحيدًا من البوابة الحديدية، وأمشي غابطًا حتى صحة الأشجار نحو جناح قسم الجراحة التاسع، وأدخل ذلك الممر بين ومضات الأبواب الزجاجية التي تضرب عينَيَّ فأرى بياضًا عجيبًا، وتختلط تلك الومضات بالخوف في داخلي، ثم أركن إلى زاوية وحيدًا، لا أتحرك، أصمتُ، وأنتظرُ، وأنكمش خوفًا وخشيةً، وأشعر بذهاب لوني.

الغرفة التي شهدت بعض الأمور

ذلك الإنسان يتصارع السأمُ والثباتُ في وجهه.

أشارَ الرجل الجسيم القوي ذو القميص الأبيض إليَّ أيضًا، وناداني بصوت عالٍ.

انتقلتُ من الممر المظلِم إلى غرفة المعاينة المضيئة البيضاء في كل جوانبها. فيها بياض وبريق معدني. ما أضعتُ الوقت لأنني كنت عالمًا بتفاصيل هذا الأمر على مدى سبع سنوات، فجلستُ، وخلعتُ سروالي، ومددت ركبتي اليسرى للممرضة التي كانت مستعدة لحل الرباط. كنتُ - على عادتي - أنتبه إلى أمرَين: إلى حلِّ الرباط من ركبتي، وإلى الجرَّاح الذي يغسل يدَيه. كان السأم والثبات يتصارعان في وجهه.

كان الجميع في الغرفة يعملون بصمت وسرعة: المعاونون يكتبون في الدفتر، ويأخذون أشياء من الخزائن الزجاجية، والممرضات مشغولات بي، والمضمِّدُ يكنس القطن المليء بالدم على الأرض.

لا همس. كنتُ أسمعُ أحيانًا أصواتًا دقيقة حادة تصدرها الأدوات المعدنية حين تُوضَع على الصواني. ثم سمعت صوت سكب سائل، وشممتُ رائحة (اليودوفورم) التي غلبَتْ غيرها من الروائح، ورأيت الأشياء البيضاء: الجدران البيضاء، والطاولة الحديدة البيضاء، والخزائن البيضاء، والأغطية البيضاء، والأربطة البيضاء، والضمادات القطنية البيضاء، والقمصان البيضاء...

عملت الممرضات على حلِّ الرباط، وكنَّ كلما حلَلْنَ طبقة من الرباط شعرت بخفة في رِجلي، وحينما حُلَّ الرباط تمامًا، ظننت أن ركبتي ستطير ولن تبقى في مكانها.

حُلَّ الرباط، ثم سيُحَلُّ بعده القطن والشاش. كانت لحظة الخوف تلك مريعة. استقمتُ، أردتُ أن أمسك يد الممرضة. فنظرت إليَّ نظرة توبيخ، وبينما هي تشتت انتباهي بنظراتها، سحبَت القطن. غير أن لب المسألة في حلِّ قطعة الشاش. فاللحم المجروح يمتص الشاش كشفتَين نَهِمَتَين ولا تتركانه، وهاتان الشفتان تلتصقان بِغراء الإفرازات الجافة، فلا تنفكَّان.

انحنى جسمي خوفًا وفزعًا وكاد يُطبِقُ على ركبتي. استَقمتُ قليلًا خجلًا واحترامًا حين رأيت الجرَّاح قادمًا إليَّ.

اقترب وقال:

- أنت؟ لماذا أتيتَ؟ هل ساءت رِجلك؟

سألَ وهو ينتظر فتح الجرح واضعًا يدَيه وراء ظهره:

- هل هناك خُراج؟

- ثلاثة.

- قيح؟ إفرازات؟

- كثير. كل يوم...

أطلقتُ صيحةً. فُتِحَ الجرح. انحنى الجرَّاح ثم همهمَ: «هممم...» بصوت أدركتُ بأنه يعني بذلك أن الأمر خطير.

كلما تعرَّض اللحم العاري المجروح للهواء، بدا وكأنه يقشعر ويخاف أكثر مني.

كنتُ أستعدُّ لآلام أشد. سيدخل مسبار إلى الداخل من كل جرح حتى يستقر في النخر بالعظام.

اقترب المعاونون وبأيديهم أدوات معدنية لامعة. فصككتُ أسناني وأغمضت عينَي. أمسك المُضمِّد بذراعَيَّ والممرضة برأسي حتى لا أتخبَّط، لكنني مع ذلك تخبَّطتُ واضطربتُ ألمًا.

- متى أجريتُ لك العملية؟

- قبل سنتَين.

- لا بد من عملية أخرى.

وبينما كان يضغط بإصبعه على اللحم حول الجرح، وأنا أراقب حالة روحية جديدة أيقظها الخوف، كان يجيب عن الأسئلة التي لم أسألها:

- لا حل... اثنان من هذه الخراجات جديدة. لا بد من الكحت... ولا بد من الجبصين لاحقًا... سنضحي بالمفصل أيضًا... لن نستطيع أن نعالج هذه الركبة ما لم يكن هناك تلاحم بين المفاصل... التهاب حاد... عليك ألا تهمله. لا حل. ستقصر هذه الرِّجل، ولن تستطيع أن تلمس الأرض. ماذا ستفعل؟ هل معاناة الألم أفضل؟

نظرَ إلى وجهي، فطأطأت رأسي لأواري عينَي وأجعل أقصى درجات همي وغمي سِرًّا لا يعلمه سواي، لكن حركتي هذه كانت حركة لا طائل منها. واستمر الجرَّاح بوعظه وبيان نتائج الإهمال الوخيمة. وسألني مرَّة أخرى:

- هل معاناة الألم أفضل؟

لم أُجِبْه. كنتُ في أسوأ أحوالي حتى أنني ما استطعتُ أن آتيَ بأي حركة مع أنهم أنهوا لفَّ ركبتي. ساعدوني في ارتداء سروالي، ثم أمسكوا ذراعي وأقاموني على قدمي.

حديقة المستشفى

في داخلي أنّات وغمغمات وظلال غامضة على هيئة وخزات عجيبة.

خرجت إلى الممر المظلم متخبطًا بين المشاعر والأفكار التي تمزق روحي إلى بضعة أجزاء، مثل النخزة في ركبتي التي اشتغلت فيها الآلات، والراحة بعد الرباط الجديد النظيف، وفرحة الخلاص من الضماد، وقرار الجرَّاح المدهش، وفضولي في معرفة مستقبلي القريب، ونشاط ذكائي القلق الذي شرعَ يضع كثيرًا من التوقعات.

كنت أمشي على مهل، رأيتُ حولي أشياء مبهمة تتموج كأنها ثياب مغسولة عُلِّقت على حبل. ما كنتُ أراهم. فتحتُ الباب الكبير بحذر خشيةً من أن يصطدم بركبتي. كانت نقَّالة تأتي من الباب الخارجي، فمشيتُ سريعًا متحاشيًا النظر إليها.

الحديقة. شمس الربيع الساطعة. انتقلتُ فجأة من ألوان الداخل ورائحته إلى بريق رائع وخضرة أشجار الصنوبر وعبق الطبيعة. بدت لي خيالات مرضى بثياب بيضاء يجلسون في البعيد تحت أشجار الصنوبر وأشعة الشمس. وسمعت صوت طفل مريض يغني أغنية شعبية من نافذة جناح في المستشفى، وأصوات أقدام السائرين على طريق مرصوف بالحجارة. كنت أرى من حين لآخر بياضًا يظهر في ظلال أشجار الصنوبر.

كانت حديقة المستشفى تحزنني في كل مرة أمشي فيها. أحاول الآن أن أعرف معنى ذلك، وأفهم أنه ثمة تناقض كبير بين المرض والطبيعة. وهذا أكثر ما يحسه المرء حين يتنقل بين المستشفى والحديقة.

وهذا أيضًا يُنسِيني مسألتي، وتبدأ روحي في تعمق الألغاز الكبرى وسبر أغوارها. أمشي ببطء وأنا أنظر حولي متمايلًا قليلًا فارغ الذهن، نائيًا عن التفكير في شيء، لكن داخلي مليء. تبتعد أغنية الطفل المريض.

أنطلق إلى نفسي وأنا متجه نحو الشارع، وأشعرُ بمصيبتي لا بصورة مجسَّمة، بل بمجموعة من الخيالات والرموز المبهمة كما في آلامي وأحزاني الكبرى. أفكر في العملية الجراحية وفي أنني سأبقى معاقًا. كنتُ أشعر في داخلي بأنَّات وغمغمات وظلال غامضة على هيئة وخزات عجيبة.

وظلَّ ذلك يراودني وأنا أمشي في الشارع، غير أن حركات الحياة الكثيرة لفتت انتباه عينَي، وحملتني على أن أكون أكثر واقعية، فاضطُررت إلى التفكير فيما سأصنع.

لم يكن عليَّ فعل أي شيء، كان عليَّ أن أذهب إلى البيت، فمشيتُ نحو الترام. كان ضجيج المدينة يسري عكس الاتجاه الذي سلكته، والأصوات تتباعد، وتتأرجح، ثم تتأرجح، لتتقطَّع وتختفي في أعماق المدينة.

رياضيات بعض الأكدار

حينما نخبر الأمهات بالأكدار والمصائب، لا نشاركهن بها
ولا تكون تلك عملية قسمة بل ضربًا ومضاعفة.

•

إن اللحظة التي أحبُّ فيها نفسي كثيرًا هي اللحظة عينها التي أُشفق فيها عليها كثيرًا.

لا يحميني شيءٌ إلا هذا: هذا الحب، وهذه الشفقة.

وأمشي متجاهلًا ألم ركبتي، أمشي كأنني على طريق مريح يأخذني إلى مكان غير مستقبلي.

كنتُ وأمي نعيش وحدنا في حيٍّ من الأحياء العشوائية. لم أرغب في الذهاب إلى البيت كي أتأخر في إبلاغها بهذا الخبر السيئ.

إن مشاركة مصائبنا مع غيرنا مواساةٌ لنا، إلا مع الأمهات، إلا مع الأمهات. حينما نخبر الأمهات بالأكدار والمصائب، لا نشاركهن بها ولا تكون تلك عملية قسمة بل ضربًا ومضاعفة. فالأمهات اللوائي يشعرن بمصائب أولادهن ضعفَين، يُرجعنَ ما يشعرن به من حزن وأسى إلى أولادهن أضعافًا مضاعفة، لذلك يزداد حجم المصيبة مع كل مرة تتنقَّل بين الأم وابنها.

خرجتُ إلى البساتين.

صارت المدينة بعيدة عني بعدًا، أنستنيها.

جلستُ تحت شجرة، وضبطتُ زاوية ركبتي بعناية كعادتي، ومددت رِجلي.

ما أحببتُ التفكير في أي شيء يتعلق بحظ هذا العضو المسكين، كنتُ أرمي بنفسي إلى ظلمات روحي وأركانها المنعزلة، وأستغرق في

خيالات أشد رهبة وتشويشًا كي أهرب من النور الذي سيصبُّه شعوري فوق مرضي.

وكلما خرجتُ من تلك الظلمات ونظرتُ إلى التلال التي تحترق بأشعة شمس الظهيرة، أغمضتُ عينَيَّ كأنما انتقلت فجأة من غرفة مظلمة إلى رحبة شديدة النور، وبقيتُ مندهشًا حائرًا.

وأيُّ نورا أيُّ نورا كانت الأرض والحجارة تلمع كأن على سطحها المرايا والزجاج والمعادن البيضاء.

غير أني ما كنت أستطيع أن أطيل النظر إلى هذا النور، فحتى أشعة هذه الشمس حينما كانت تدخل عينَيَّ، كانت تنطفئ فورًا كأنما غرقت في بحر من الظلمات أكبر من نفسي، ثم تتلوَّن بلون باطني.

ما أخبرتني به الأريكة

وسادتان، وقارورة، ومنديل.

إلا أنني ذهبتُ إلى البيت منتقلًا من طرف المدينة إلى طرفها الآخر. الأحياء العشوائية. بيوت خشبية متداخلة يستند بعضها إلى بعض كعضلات ملتهبة. بيوت تتألم وتميل قليلًا في كل مرة تمطر فيها السماء أو تضربها عاصفة صغيرة. كلَّما مررتُ عليها، تذكرتُ كلَّ مغامرة من مغامرات طفولتي. اسودَّ ظاهر بعضها، وتآكلت شُرفات الأخرى، وانحنَت بعضها إلى الأمام قليلًا، وكادت أخرى أن تجثم؛ كلها كانت مريضة، أحبها جميعًا، لأنني أجد فيها ذاتي. كلها كانت عاجزة عن العيش ما لم تخضع لعملية في كل سنتَين أو ثلاثٍ، أحبها كثيرًا. كلما آلمتها الرياح، مَن يدري كم تخفي من أنَّات، وتخبِّئ أشياء عزيزات، أحبها كثيرًا... كثيرًا...

أبحثُ عن بيتي بين هذه البيوت التي يقف أمام عتباتها صغار هادئون جبناء بوجوه شاحبة وأقدام حافية، وبأيديهم كِسرات من بقايا خبز وألعاب لا تشبه الألعاب، يلعبون على مهل وتفكير ولا يعرف الضحك إلى أفواههم سبيلًا، أبحثُ عن بيتي هناك وكأنني أستصعب إيجاده، فهذي البيوت كلها كأنها بيتي.

لم يكن أحدٌ في البيت، فتحتُ الباب بمفتاحي، دخلتُ وجلستُ - على عادتي - طويلًا على الأريكة في الطابق السفلي، ونظرت إلى ما حولي بهدوء.

إن هذه الأريكة كوجه عجوز. فهنا تظهر روح بيتنا وأكداره وأفراحه، وتترك أحداث كل يوم على السقف والجدران والأرضية بقعةً أو خطًّا أو ثنية

وأحيانًا إشارةً خفية لا يراها إلا نحن. إن هذه الأريكة حيَّة: تتحرك معنا، وتتغير، وتتفرق، وتجتمع، تنام وتصحو معنا؛ إنها كوجه ثالث في بيتنا، حتى إنها تضحك وتبكي.

لهذه الأريكة أربع زوايا. في الوسط باب يطل على الزقاق، وعلى كل جانب نافذتان. وفراش من قش بجانب النافذة، وطاولة طعام بجانب الوسادة، وكرسيَّان بجانب الطاولة. إننا نجلس على هذه الأريكة، وعليها نأكل الطعام، وعليها نستقبل الضيوف.

كنت أقف ساكنًا هناك في كل مرة، كي أنظر إلى ذلك المشهد الذي يُريني نفسي.

ونظرتُ: فإذا وسادتان إحداهما فوق الأخرى على الفراش. (هذا يعني أن أمي تعبت واستلقت هنا). كرسي مسحوب أمام الرف بجانب الطاولة. (هذا يعني أن أمي أخذت قارورة دواء من أعلى رف). هااا... ها هي قارورة فوق الطاولة: دواء القلب. (هذا يعني أن حالة أمي قد ساءت). منديل مُبلَّل مجعد على الفراش. (هذا يعني أن أمي بكت).

وأنا أيضًا أحتاج إلى هذه القارورة والوسادتَين والمنديل، وأنا أيضًا سأشرب دواء القلب، وأستلقي وأبكي.

مفتاح في قفل الباب

بحر، وباخرة، وقصور بيضاء.

سمعتُ بعد قليل صوت مفتاح يدخل في قفل الباب، فاستقمتُ وأخفيتُ منديلي.

دخلت المرأةُ التي أُظهِرُ لها قوتي وجلادتي أكثر من ضعفي ووهني. وحينما رأتني، وضعَت أكياس المؤونة التي في يدها على الأرض بصورة أشعرتني بدرجة فضولها ونظرتْ إلى وجهي. استندَتْ قليلًا إلى الباب لأنها كانت متعبة وصارت تتنفس بسرعة، لم تُوفَّق في سؤالي كي تعلم الشيء الذي تريد أن تعلمه، أو لعلها لم ترَ لذلك ضرورة، وبقيت تحدِّق النظر في عينَيَّ. قلتُ:

- سيعاينونني مرة أخرى.
- هل ثمة حاجة لعملية؟
- ليسوا واثقين، كان هناك ازدحام اليوم، لم يفحصوا جيدًا. ربما ثمة حاجة لعملية.

لم تطمئِنها كلماتي الغامضة، لأنها رفعت الأكياس بالفضول والقلق اللذَين أثَّرا على حركة ذراعها حين تركتها، وسارت إلى المطبخ بخطوات حائرة. فهمتُ أنها وجدت طريقها كما يجد الأعمى طريقه وأنها لا ترى ما حولها من اصطدام الأكياس بالطاولة أولًا ثم بالخزانة أسفل الرف.

لم أسمع أي صوت للحظة بعد أن دخلَت المطبخ. ما كانت تتحرك. ثم سمعتُ خشخشة فوق الموقد. ثم وقع مِلقط على الأرض، ثم وقعت أشياء

أخرى. كانت أعصابها في أسوء حالة لا تستطيع فيها أن تضبط الأشياء التي كانت في يدها.

فكَّرت فورًا في أن أواسيها فوجدت الجملة التالية وقلت بصوت عالٍ:

- لم يكن الجرَّاح هناك، فحَصَني معاونوه. سأذهب إلى طبيبي، إلى الكلية.

لم تجبني، وصمتت الأريكة وصمت المطبخ. بدأتُ من تلك اللحظة في التفكير في مرضي. جذبتني الجملة التي قلتها لأواسيها، وفتحَت لي باب أمل. شعرتُ برغبة في رؤية أطباء آخرين لا سيما طبيبي. ما زال هذا الطبيب في مرحلة التدريب مع أنه قضى أيام شبابه، وذلك لأسباب سياسية كثيرة، ولكنه كان إنسانًا أقرب إليَّ من أقرانه، وكنتُ أحتاج إلى تأثيره في أعصابي أكثر من معالجة ركبتي.

فأنا منذ خروجي من المستشفى حتى وصولي إلى البيت كنتُ أتخيل في داخلي بحرًا، وباخرة، وسكة قطار، وطريقًا على حافَّتيه قصور بيضاء، لم يكن تخيُّلًا واضحًا صافيًا، بل كان بين تصوراتي المختلطة الكثيرة، كان مثل رسومات تبدو في صفحات دفتر تُقلَّب سريعًا، رؤيتها واختفاؤها في الوقت نفسه: بحر، وباخرة، وطريق طويل وعِر، وغبار، وقصور، ومروج، وحدائق... لكن لم يكن في تخيلي كلية ولا طبيب، لقد أضفتهما إلى ذلك المشهد لاحقًا.

صمتنا ونحن نأكل الطعام.

بدا أن صمتي يرعبها مع أنها معتادة عليه.

كان الأولاد يلعبون أمام الباب، يصرخ بعضهم على بعض بصوت حاد أحيانًا، ثم يتجادلون جدالًا حاميًا لمدة قصيرة، ثم يحلون المسألة سريعًا ويصمتون. أشعرُ في صمتهم أنهم مستغرقون في تفاصيل اللعبة التي يلعبونها.

طالت لحظة الصمت فجأةً واستحالت حادثةً تلفت الانتباه. أطبق الصمت على البيت داخله وخارجه. كنتُ أودُّ أن أتكلم لأسمع صوتًا، غير أني كنت أخاف أن يزيد صوتي الذي لم أعرف كيف سيخرج من سوء الموقف.

في تلك اللحظة انقطع جانب من قطعة القماش ذات الثنيات المعلقة على الدرجات، فذُعرتُ وارتعبتُ، بدت الأريكة كأنها تتحرك.

حاولتُ أن أتكلم فقلتُ:

- سأذهبُ إلى أرنكوي هذا المساء... سأذهب إلى الكلية غدًا قبل الظهر: السيد مدحت هناك. فليرَ هو أيضًا ركبتي ولو مرة واحدة، لعله يُريها للجرَّاحين الآخرين ويتشاورون فيما بينهم في حالتي الصحية.
- اذهبْ، اذهبْ... سألَ عنك ساكنو أرنكوي، يرغب الباشا كثيرًا في رؤيتك.
- سأذهب.

سارَ تيار سعادة بيننا أثناء كلامنا، لكنني تذكرتُ بعد لحظة قرار الجرَّاح القطعي وتحذيره، ففقدتُ فجأةً جميع آمالي، واستغرقتُ في التفكير.

انتقل الغم الذي يحيط بي إلى أمي.

غير أني كنتُ أعرف سبب غمي، أما هي فكانت تجهل سبب غمِّها هذا.

الباشا

سمعتُ وقع أقدام خلفي.

كان الباشا يجلس على جانب الأريكة الذي عهدته يجلس عليه مذ تعرَّفت إليه. لم أستطع رؤية وجهه على قربي منه لأن ظلام المساء كان قد زاد في غرفة الجلوس. كنتُ أحاول أن أجد في صوته نظراته وابتساماته وحركات وجهه، وكنا نتكلم بهدوء. كان يهتم بدراستي أكثر من مرضي، ويسألني عن درجاتي في امتحاناتي. ثم غضب من شدة الظلام وأمر الخدَم أن يشعلوا المصباح.

كانت النسمات تهب من باب الشرفة المفتوح ورائي حاملةً معها رائحة الزيزفون والورد. أغمضتُ عينيَّ إلى أن ينيروا الغرفة وأطلقت العنان لنفسي كي تنبعث ذكرياتي الخاصة بهذا القصر. لم ينل صوت الباشا الخشن ذو الوتيرة الواحدة بعض الانتباه القليل الذي خصَّصته له، ولم يفسد انطلاق تخيلاتي بحرية. أتقنتُ منذ نعومة أظافري التفكيرَ في أشياء أخرى داخلي وأنا أتحدث مع مَن أمامي، وإعمالَ ذهني بانتباهَين. وكان الظلام مُعينًا لي على ذلك. لكن حين أُنيرَت الغرفةُ، انشغلتُ بما في حولي. انطلقَتْ نظراتي أولًا إلى البيانو وصارت تبحث عن أشياء فوقه. وكنتُ أنظر إلى الباب كثيرًا.

ثم أدركتُ ذلك، فجعلتُ الباب ورائي والتفتُّ بكُلِّي إلى الباشا. إلا أن الحركة التي أتيتُ بها كي لا أؤذي ركبتي أثناء التفاتي نبَّهت الباشا، فسألني عن صحتي. فشرحت له شرحًا مختصرًا كاذبًا، وأخبرته أني ذاهبٌ إلى الكلية غدًا صباحًا.

كان يسألني أسئلة عن مرضي ولا يقتنع بأجوبتي القصيرة.

سمعتُ وقع أقدام خلفي، فلم ألتفت لأني كنتُ أعلم مَن الداخل. سمعتُ صوتًا حادًّا ثاقبًا قرب أذني يقول:

- أين كتبي؟

التفتُ قليلًا حينئذ، وأجبتُ نزهةَ بنت الباشا:

- أحضرتها.

انتبهَتْ وهي تسلِّم بيدها عليَّ أننا نتحدث عن شيء سيئ، فهدأت واستمعت، لكنني بدأتُ أملُّ من أسئلة الباشا. لم تمكث نزهة معنا طويلًا. خرجت إلى الشرفة، إذ كان ذلك طبعًا من طباعها، لم تكن تبقى أكثر من دقيقتين في أي موقف، بل تبتعد وتهرب.

شردَ ذهني قليلًا حين ابتعدت، فما عدتُ أسمع صوت الباشا، ثم سمعتُ فجأةً صوته عاليًا فانتفضتُّ. كان يقول:

- هل تسمعني؟ أسألك. طبيبنا الطبيب راغب، دعه يفحصك.

أردتُ أن أخفف من خجلي لشرود ذهني وقد فهمتُ قليلًا مما يتحدث، فقلت:

- حسنًا!

ثم احمرَّت وجنتَاي احمرارًا شديدًا لظني أن أمري قد كُشِفَ.

رواية بوليسية

تبدأ رواية «بنت السيد لوكوك» بتصويرات طويلة.

كانت تربطني بالباشا قرابة بعيدة، وكان يحبني كثيرًا. أذكرُ أنه كان يتحدث معي لساعات وأنا في الرابعة أو الخامسة من عمري. لقد كانت لي أهمية بين الأشياء الصغيرة التي تملأ حياة هذا المتقاعد المنعزلة.

شاخَ الباشا كثيرًا في السنوات الأخيرة، وصار بطيئًا في كلامه، وكان أحيانًا ينام وهو في حديث مع غيره. كنتُ أحملُ إليه روايات ممتعة وأقرؤها له في الليالي. كان يستلقي على الأريكة، ويطلق من حين لآخر قهقهات كنتُ أسمعها كثيرًا منه في طفولتي. كنتُ أستمتع بقراءتي الروايات العجيبة له كي أسمع تلك القهقهات التي ما عدت أسمعها في السنوات الماضية. كنتُ أحبُّه كثيرًا. أضحكَته روايتَا «السيد لافاردين» و«سياحة العازف». قرأتُ له الرواية الأخيرة مرتَين. كنتُ أجلب لنزهة روايات أدبية. كانت تخرج إلى غرفتها وتقرأ هذه الروايات وحدها حين أكون جالسًا مع أبيها.

سألني الباشا تلك الليلة عن الرواية التي جلبتها، فقلت:

- ما جلبتُ رواية عجيبة هذه المرة، بل رواية بوليسية.

فأعجبه ذلك، وبدأت أقرأ له بعد أن نام الجميع. استلقى الباشا على الأريكة. كان اسم الرواية «بنت السيد لوكوك» افتتح كاتبها روايته بتصويرات طويلة. فسألني الباشا بعد أن قرأت له بضع صفحات:

- هل أصبرُ أكثر؟

رأيتُ في سؤاله تلميحًا لي بحرية الاختيار فقلتُ:

- اصبروا.

وأكلمتُ القراءة.

سمعتُ حينئذ خشخشة أمام باب الغرفة، فالتفتُّ وإذا بنزهة تشير إليَّ. كانت تريدني أن أكفَّ عن القراءة وأخرج، مع أنني كنتُ قد قرأت كثيرًا من الصفحات وكدتُ أصل إلى صفحات الإثارة. ما كان الباشا ليرضى أن أخرج، ولم يرَ إشارة ابنته لأنه كان يستمع إليَّ مغمضًا عينَيه. فأجبتُ نزهة بإشارة أنني لا أريد أن أخرج، وأكلمتُ القراءة.

اقتربت نزهة ماشية على أطراف قدمَيها وهزَّت كتفي، فعبَستُ ولم أكف عن القراءة، فهمستْ في أذني حينئذ:

- أيها الأحمق! انظرْ، أبي الباشا نائم.

صحيح... كان الباشا نائمًا ورأسه مائل إلى الوراء. حتى إنه كان يشخر شخيرًا خفيفًا.

قمتُ وخرجتُ مع نزهة.

- سأرسِل نورفشان كي تساعده في النوم. دعنا نخرج إلى الحديقة.

نزلتُ الدرجاتِ بحذر وراءَ نزهة كأنني أنزل من درجات الحانة التي كان يبحث فيها المتحري السيد لوكوك، ثم خرجنا إلى الحديقة.

جلسنا على الأريكة الحديدية قرب المسبح.

كانت حشرات الزيز بجانبنا تصدر صوتًا فيتردد صداه، وتبدو كأنها تحيط بصوتها أرنكوي من كل جانب. تلفحنا ريحٌ ساخنةٌ، كأننا نمر بمرحلة انتقالية من الربيع إلى الصيف. ثمة هياج خفي حولنا.

شخص جِدِّي

كلمات كاعتراف بالعشق.

كنا نشاهد انعكاس النجوم على المسبح، غير أني كنتُ أتقلب في عذاب عدم يقيني من أننا نشعر بالشيء نفسه.

أنتظر الكلمة الأولى منها حتى أفهم ما تفكر به، وأخشى أن تكون جملة استهزائية. قالت:

- أنت شخصٌ جِدِّي!

فاحترتُ. أكانت تلمِّح إلى جلوسي صامتًا مهذَّبًا؟ فسألتها:

- لماذا؟
- أشرتُ لكَ كثيرًا، فلم تأتِ.
- ظننتُ أن أباكِ الباشا مستيقظ.

مرَّت بضع دقائق. كنا نشاهد الليل من غير أن يعرف أحدنا أين ينظر الآخر. ثم قالت:

- لم تسمع بالخبر. أحدهم يطلب يدي.

فسكتُّ سكوتَ مَن يطلب إيضاحًا. فقالت:

- طبيب.
- الطبيب راغب؟
- كيف عرفتَ؟
- أحسستُ. ذكرَ أبوك الباشا الطبيب راغب هذا المساء.
- هل أخبركَ أنه يريدني؟

- كلا... كنا نتكلم عن أمر آخر. لكنني خمَّنت أنه مَن يريدك لأني سمعتُ باسمه أول مرة.

- نعم... هو نفسه...

كنتُ أريد بسكوتي المزيد من الإيضاح. قالت:

- شاب... تخرج من قريب... زارنا مرَّتَين، فرآني في إحداها. طلب من أمه أن تطلبني، فلم يرفض أبي وقال: «لنفكِّر بالأمر». إنه يفكر.

وسكتُّ مرة أخرى. كانت نزهة تشرح، غير أني صرتُ أنتبه إلى صوتها أكثر مما تحدِّثني به، وأحاول أن أكشف رأيها في هذا الموضوع. كان الاستهزاء مسيطرًا على صوتها، لكنها كانت مستهزئة بطبعها، وحتى لو لم يكن طبعها استهزائيًّا، كان من العسير فهمها، أتستهزئ بالرجل الذي يطلبها، أم بالمسألة، أم بي؟ كانت تقهقه من حين لآخر وهي تكلِّمني. قالت:

- أتدري أن هذا يروقُني؟ مسألة كبيرة في بيتنا... الجميع يفكِّر فيها.. أي يفكرون بي. طولي، ووزني، وحاجبي، وعيني... وعلمه وماله وجماله... مقارنات كثيرة! أما أنا فأضحك دائمًا. وأمي تغضب مني.

وقهقهَتْ قهقهة أخرى. كنتُ في حالة لا أفتح فيها فمي، وأصمتُ مستصعبًا الإصغاء إليها.

أمسكتْ ذراعي فجأةً، وقالت:

- أُف! يا لكَ من شخص جِدِّي! قلْ لي شيئًا...

فقلتُ لها خائفًا من أن يعني كلامي اعترافًا واضحًا:

- لا يعجبني هذا الموضوع.

جعلها كلامي تفكِّر مَليًّا. لم تتعرَ أحاسيسنا بهذا القدْر من قبل. فشرعَت تضغط قليلًا على ذراعي، وهمست في أذني فجأة:

- ألِأَنَّ السيد راغب طلب يدي؟ لن أتزوج به فورًا... ما زلت في التاسعة عشر من عمري.

أردتُّ أن أعانقها في الحال. كانت كلماتها تلك عندي كاعتراف بالعشق. حسبتُ للحظة أنني عرفتُ كثيرًا من الأشياء، لكنني حينما فكَّرتُ قليلًا، فهمتُ أن قولها قد يكون مواساةً لي، فازداد غمي السابق فجأةً.

قهقهات نزهة

كثير من انفعالاتها انفعالات عفويَّة.

أنا أرتعد من قهقهات نزهة، فقهقهاتها سلاحٌ تُفرِغ رصاصاته بقسوة على ضَعْفِ الآخرين. إن انطلاق ذلك الجزء المتقطع القصير من الصوت من فمها انطلاقٌ عفويٌّ، حتى إنها تتعجب منه بعد انطلاقه دائمًا، وتستحي أحيانًا، وتتألم على الجرح الذي تتركه وراءه نادرًا.

كثير من انفعالات نزهة انفعالات عفوية.

أُجبِرتُ على تغيير هذا الموضوع لأنني أرتعد من هذه القهقهات، فقلت:

- سأذهب إلى الكلية غدًا بعد الظهر.

كنتُ أحدِّثها قليلًا عن مرضي، فتسألني سؤالًا أو سؤالَين، ثم تصمتُ كأنها فهمت من أجوبتي كل شيء. لكنها سألتني هذه المرة وكأنها شعرت بشدة المصيبة في صوتي:

- هل يتفاقم مرضك؟

- نعم قليلًا... ربما أحتاج إلى عملية.

سكتَت ولم تسألني شيئًا. أردتُ أن أسمع منها أولًا كي أفهم بماذا تفكر ساعتَئذٍ وأعلمَ مدى طول سكوتها. سكتَتْ طويلًا، ثم سألت:

- لماذا ذكرَ لك أبي الطبيبَ راغب؟

فكَّرتُ قبل أن أجيبها كيف ذكَّرَها مرضي بالطبيب راغب، وحكَمتُ في داخلي بأنها قد لجأت إلى المقارنة التي خشيتها، ثم أجبتها:

- كنا نتحدث عن مرضنا فقال لي: «طبيبنا الطبيب راغب، دعه يفحصك».

أشارت نزهة بإصبعها إلى القمر وقالت:
- انظرْ، القمر يطلع... ألا يبدو أصفر مثل الليمون؟

سمعنا صوتًا وراءنا، فالتفتنا. كانت نورفشان. بدت كأنها لا تتجرأ على الاقتراب، فسألتها نزهة:
- ما بكِ يا نورفشان؟
- تقول السيدة: «فلتنمْ نزهة».
- سآتي.

قامَتْ، وهمست في أذني: «لو تجلب رواية لأمي كي تنام ونتكلم مدة أطول!»

ساورني الشك مثل أي سيئ حظ في وجود مواساة وتعاطف في هذه النكتة البسيطة. لقد فقدتُ ثقتي بنفسي.

موضوع جديد

كان الاضطراب يزيد من ثقلي.

شعرتُ وأنا أجهِّز سريري أنني كبرتُ بضع سنين فجأة مثلما أشعر حين تحل طامَّة كبرى بي. كنتُ أعتقد أن لي تجارب إنسان جاوز الأربعين، غير أني كنتُ صغيرًا حتى أنني لا أستطيع إلى الآن أن أعترف لنفسي بأنني عشقت نزهة. (فهمتُ هذا جيدًا اليوم بعد شهور وسنوات طويلة).

ظننت وأنا أتمدد على سريري أن جسمي بات أثقلَ. كان الاضطراب يزيد من ثقلي. وبدأت ركبتي تؤلمني. كنتُ مُجبرًا على الاستراحة والمشي بعكَّاز كل يوم، وكنتُ قد مشيت في ذلك اليوم كثيرًا، ورفضتُ دائمًا المشي مستندًا حتى على عصا على الرغم من تحذير الأطباء لي.

ما استطعتُ النوم.

كنتُ مدركًا أن عليَّ الاستعداد لأقدِّم تضحيات كثيرة. تعلَّقتُ دائمًا بآمال مجهولة خفيَّة في داخلي ما عرفتُ كُنهها، ولولاها لما استطعت أن أتنفَّسَ لثانية، لأن نتائج حساباتي كلها كانت ضدي، وإذا غدرَت هذه الآمال المجهولة بي، فسوف أنهار انهيارًا تامًّا.

فكَّرت باحتمال زواج نزهة من الطبيب. وجدتُّ هذا الأمر طبيعيًّا بعقلي. ما تخيَّلتُ قط أنني سأتزوج من فتاة أسَنُّ مني بأربع سنوات، وكنتُ أعلم أنها ستتزوج يومًا من غيري ولم أشعر بغيرة. إلا أنني تحيَّرت قليلًا بمواجهتي موضوعًا جديدًا حين ظهر مَن يريد الزواج بها أول مرة. ما استطعت إلى الآن أن أفهمَ لماذا صار موضوعًا أفكر فيه.

لم أفكِّر في تلك الليلة إلا بهذا الموضوع الذي شغل ذهني أكثر من مرضي من غير أن أدركَ ذلك. كبرتُ ونزهة معًا. كانت أسَنَّ مني، لكنني كنتُ أنظر إليها وهي تلعب بدُماها في صغرنا نظرة استخفاف، لا سيما بعد مرضي. سبقتُها في خروجي روحًا من طفولتي، وصِرتُ جِدِّيًّا قبلها. كانت لا تزال صغيرة. (غير أن ذلك كان يروقني). كنتُ أجد فيها ما أفتقده. لكنني كنت أظن أن ذلك كله مشاعر صداقة.

أدركتُ أحيانًا أن المسافة بيننا كبرت حين كبرنا، كانت تتراكم سدود عدم التفاهم بيننا، وكنتُ أجد لذة في السعي لتحطيمها، لكنني حينما كنتُ أرى سدًّا أكبر من السد الذي أُحطِّمه، كنتُ أفرح وأغتم. كلما ازداد انفتاح أحدنا على الآخر، اشتدَّت صعوبة التفاهم بيننا. كان أحدنا في الماضي يشرح للآخر كل شيء شرحًا واضحًا، ثم صرنا نفضِّل الصمت ونحن في خضم ترددات وحسابات حيَّرتني وحيَّرتها. وجدنا حاجة للمجالسة. كان أحدنا يجد في الآخر شخصًا جديدًا مع مرور الأيام بدلًا من أن يزداد معرفته به. (كانت هذه الأمور مثل أمور تشبه العشق، ما فهمتُها آنذاك).

غير أني فهمتُ شيئًا، ألا وهو أنني سيئ الحظ.

شعرتُ بذلك بقوة وأنا على السرير تلك الليلة.

امتلأت عيناي بالدموع.

أودُّ أن أعرف ما الذي سينقذني حين لا أؤمن بالآمال المجهولة. حتى الأمل ما عاد يكفيني. شعرتُ بالحاجة إلى اليقين. أحتاج إلى ضمانة المستقبل الكاذب وسنداته لا لوعوده المشبوهة. مع أنه يترفع عن أن يعدني بشيء، وحينما أسأله كيف سيستقبلني، يصمت صمتًا مفزعًا رهيبًا.

لا أستطيع النوم.

الممر المظلم. هياكل من الشمع الأصفر. هل هناك خُراج؟ ثلاثة. أشياء بيضاء وقمصان بيضاء. لا بد من عملية جراحية، ستقصر رجلي قليلًا. هل معاناة الألم أفضل؟ هل تسمعني؟ أسألك. طبيبنا الطبيب راغب. يدخل المتحري السيد لوكوك مع رجاله الحانةَ بقبعاتهم السوداء. درجات مظلمة، هيكل، أشباح، شريط من دم، سُكارَى، أصوات الأسلحة، دحرجة من السلم، رجل يبدو ويختفي تحت مصباح الغاز. الطبيب راغب. النجوم أعلى المسبح. الليمون يكبر ويكبر. عليَّ أن أتكلم في هذا الموضوع. تقول قهقهات نزهة وقلبها: مسكين! أنا لا أحب الشخص الحزين الجِدِّي الذي يعيش بين الدماء والقيح والصديد. أحبُّ أن أكون مسرورة.

ماذا تطلب الفتاة؟

تطلب السعادة.

لا ريب أن الفتاة تطلب السعادة.

كنتُ أحاول أن أشرحَ لنفسي هذه الفكرة البسيطة. كان منطقي الذي يترنَّح في خيالاتي بين النوم واليقظة يصل إلى هذه النتيجة، إلا أنني كنتُ أبدأ محاكمتي العقلية من جديد كأنني ما اقتنعتُ بما وصلت إليه.

سمعتُ فجأةً صوتًا ما صدَّقته: أحدهم يدقُّ باب غرفتي. لم أصدِّق، فقلتُ بصوت خافت وقد أصغيت السمع:

- مَن هناك؟
- أنا. هل نمت؟ هل أدخل؟

إنها نزهة! نزهة في منتصف الليل! لم أستطع أن أقول لها: «ادخلي».

فسألَتْ مرةً أخرى.

- هل أدخل؟

فاستقمتُ في سريري حائرًا، وقلتُ:

- ادخلي.

فدخلت.

كانت قد غطَّت قميصها بوشاح، ولبست نعلًا.

اقتربتْ بجرأة كبيرة أشعرتني بشدة خوفها، ونظرت إليَّ وقهقهَتْ.

لم أنظر إليها بِحيرة كحيرتي هذه الليلة. ما كان يشبهها شيء سوى جسدها، وحتى جسدها بدا مختلفًا: شعرها الأصهب بدا أشقرَ، وعيناها

الشهلاوان -المُفعمتَان بالحياة- بدتَا سوداوَين ساكنتَين. رأسها لا يتحرك، لكن ظلَّه كان يطول ويقصر مع تأرجح ضوء الشمعة. كلما اقترب جسدها، كبُرَ حتى غطَّى عينَي، فلا أرى شيئًا في الغرفة غيرها، ولا أراها تمامًا.

وقهقهَتْ مرةً أخرى.

- لمَ هذه الحِيرة؟ هربتُ وأتيتُ... لم أستطع النوم.

جلستْ على سريري.

ما عدتُ أستطيع تحمل فرحي الذي اعتلى حيرتي.

- لا تخفْ! كلهم نائمون! حتى الجِنِّيات لم تسمع بقدومي...

حسبتُ في ذهني مباشرةً المسافة بين غرفتها وغرفة أبيها وأمها، ورسمت خريطة الخطر.

فارتحتُ قليلًا.

كانت أنفاسها سريعة. تحركت قليلًا فرأيتُ حينها نزهة غير نزهة التي أعرفها. بجانبي شخص مختلف.

وحين رأتني أنظر إليها قالت:

- لم أستطع النوم.

- ولا أنا.

- لماذا لم تستطع أن تنام؟

- لماذا لم تستطيعي أن تنامي؟

- كنت أفكر في أمر.

- وأنا كنت أفكر في أمر.

- بماذا كنتَ تفكر؟

- بماذا كنتِ تفكرين؟

قهقَهتْ نزهة مرة أخرى. وقالت:

- إذا بقينا هكذا، فلن نستطيع أن نتكلم حتى الصباح.

كنتُ أستطيع أن أشعر بالاستهزاء من نزهة في فُرص نادرة، لكنها كانت بحركاتها تقلب هذا الاستهزاء إلى رغبة وتقتله.

وبينما كان الصراع الصامت يستمر بين استهزائي ووشاحها الذي يتطاير، بدأنا الحديث مرة أخرى، إذ قالت:

- كنتُ أفكِّر في ذلك الرجل.

- مَن؟

- ذلك الذي يُسمَّى الطبيب راغب. الرجل الذي يطلبني.

- وماذا؟

- كنتُ أفكِّر ماذا سيحدث إذا تزوجت به.

- ماذا سيحدث؟ لا أعرف.

سعيتُ لأجيبها بصورة طبيعية، حتى أنني أردت أن أُخفِي اهتمامي بهذا الموضوع، فتظاهرتُ بأنني مشغول بالبحث عن المنديل تحت وسادتي، وبدوت وكأنني لم أستطع إيجاده مع أني أمسكته مرة أو مرتَين. أُجبِرتُ على الصمت.

بدأتُ أشعر بثقل فوق روحي. كانت تتوالى الأجوبة الكثيرة في داخلي عن سؤال نزهة: «ماذا سيحدث؟» لكنني أظن أنني مهما حاولت أن أخفيها، فقد كانت نزهة تدركها كلها. لذلك لا فائدة من إخفائها، ولا فائدة في التصريح بها، فضقتُ ذرعًا لأنني لا أستطيع فعل شيء غير هذَين الأمرين. وجدتُ المنديل فحُرِمتُ من كل ذريعة تستر عذابي.

حاولتْ نزهة أن تنقذني فقالت:

- حسنًا... أخبرني... بماذا كنتَ تفكر؟

- بأمور كثيرة...

- مثل ماذا؟
- أمور كثيرة... لا أستطيع أن أشرح لك... أفكار قصيرة متنوعة كثيرة...

ما استطعتُ أن أسيطر على صوتي أكثر. صار هذا الصوت الذي قطع علاقته كلها بإرادتي يغدر ببعض انفعالاتي العميقة التي كنتُ أخفيها حتى عن نفسي، ورأيتُه يحيِّرني... صمتُّ وطأطأت رأسي كي أخفي عيني. وكنتُ أود أن أتمرد على ضعفي هذا.

ثم صارت نزهة تتكلم بكلام لا قيمة له:

- أظنك ستستيقظ مبكرًا غدًا.
- نعم... عليَّ أن أدركَ قطار الثامنة والنصف.
- إذن، ينبغي أن تنام.
- لا أشعر بالنعاس.
- ضعْ رأسك على الوسادة، تنَم.
- لا أظن.
- ستنام، ستنام، هيَّا... سأغطِّيك.

وضعَتْ يدها على كتفي وأصرَّت. لقد خسرتُ مقاومتي وكرامتي خسارةً جعلتني لا أخجل من فهمي أنني صرتُ أهلًا للشفقة، ووضعتُ رأسي على الوسادة متلذذًا بالاستسلام. قالت:

- أخشى أن تمرض.

ووضعَتْ يدها على جبيني، وصارت تمسح على شعري. اكتشفتُ وقتئذ مجرى جديدًا لمشاعري المتزاحمة، فإذا استطعتُ أن أسوق مشاعري إلى ذلك الجانب، فسوف أنجو، لا بل سأكون سعيدًا.

حدث الانقلاب في داخلي فجأة، فأمسكتُ بذراعَي نزهة، ونظرتُ إليها بعينَين جديدتَين.

دُهِشَتْ قليلًا في البداية، ثم أمعنتِ النظر وفكَّرت فيما رأت.

توقفتْ قليلًا، وتنفَّست نَفَسًا نفخ صدرها، لعلها أرادت أن تقول شيئًا، لكنها تراجعت وركضت وخرجت من الغرفة من غير أن تقول شيئًا، حتى إنها لم تُخرِج ذلك النفس.

بقيتُ ساكنًا حائرًا محتاجًا لأفهم نفسي وأفهمها. شعرتُ بفراغ كبير في داخلي. لم يبقَ لي شعور غير نبضات قلبي. أصغيتُ السمع لما حولي علَّني أملأ هذا الفراغ الكبير. غمغمات في أرنكوي. أصوات الحشرات الخفيفة، وصفير القطار، ونباح الكلاب، تجتمع ككرة وتكبر وتكبر، لتتحد مع كثير من أصوات الليل العميقة الخفية، وتحملها الرياح، لترتفع ضجيجًا صاخبًا يصيب الرأس بالصداع.

ارتخى جسدي فجأة، ومالت كتفَاي.

وضعتُ رأسي على الوسادة.

رجفة خفيفة. وميلٌ إلى النوم يشبه الخدَر. نوم خفيف ثم يقظة، وكوابيس صغيرة. كأنهم ينادون اسمي. همسات قرب سريري، حلم قصير لا علاقة له بحياتي. ثم استيقاظ مفاجئ، وبعض الخواطر اللاإرادية. زيادة الانتباه فجأة. انتظار حادثة. وخزة خفيفة في ركبتي. أتقلَّب بصعوبة، وأثني ركبتي السليمة. أشعر براحة. أرتخي. أشعر بخفة كأن طبقات من الأثواب على صدري تُخلَع واحدة تلو الأخرى. نوم عميق.

الفتاة التي لا زالت نائمة

أدركتُ أن نورفشان شريكة في الجريمة.

أراد الباشا أن يراني في الصباح. دخلتُ غرفة نومه، فقال لي:

- إنكَ ذاهبٌ إلى حيدر باشا، فاركب سيارةً من هناك واذهبْ إلى قاضيكوي، واشترِ رواية جديدة، فرواية أمس لم تعجبني، لقد نمتُ من غير أن أشعر... ثم ادخُلِ البريد، واكتبْ رسالة لأمك تخبرها بأنك ستبقى هنا شهرًا. ولتأتِ هي أيضًا إنْ شاءت. وأخبرها أن خالتك تنتظرها، وأنك في عطلة هنا. لكن لا تضيِّع وقتك، عليك بالاستفادة من الهواء هنا.

ناولته زوجته التي قال لي عنها «خالتك» محفظة النقود. وأعطاني الباشا ليرة ذهبية، وأخبرني أنها أجرة الطريق والكتاب.

تأثرتُ بخروج خالتي من الغرفة كي لا تراني في هذا الموقف الصعب وأنا آخذ النقود.

كان الباشا يحاول أن يغيِّر طريق أفكاري:

- أرجوكَ يا ولدي، اقرأْ قليلًا من بداية الكتاب حين تشتريه... لا أريد كتابًا يبدأ بتصويرات طويلة. لقد رأيتُ تلك الحانة في أحلامي. أنت تقرأ الكتاب وأنا أدخل الرواية في أحلامي.
- دخلت أحلامي أيضًا.
- وَأْتِني ببشارة خير عن مرضك.

فتبسَّمتُ وخرجت.

اقتربت نورفشان مني في حديقة القصر، وقالت بأدب من غير أن أسألها شيئًا:
- ألم تستيقظ بعد؟
فسألتها:
- مَن؟ (وقد علمتُ مَن تعني)
طأطأت رأسها كأنها اغتاظت من عدم فهمي أو من أنني بدوت أنني لم أفهم ما تريد، ثم صارت تفرك يدَيها وهمهمت:
- سيدتي الصغيرة.
خرجتُ من الحديقة بعد أن أعطيتها الابتسامة التي تريد.
أدركتُ أن نورفشان شريكة في الجريمة.

يوريك المسكين

«أين كلماتك الجميلة، جنونك، أغانيك،
نكاتك التي تكاد تُميتُ المدعوِّين من الضحك؟»

بابٌ عالٍ جدًّا. رأيتُ الكلمات التالية فوق مصباح أحمر: «الإسعافات الأولية للجرحى».

دخلتُ برعشة تصيبني دائمًا حين أرى هذا الوعد. بقعة مليئة بالحجارة. سقفٌ عال. ترتفع الأصوات كلها: أصوات الأقدام، وأصوات الناس، والضجيج. وقعُ الأقدام على الحجارة كالمفرقعات النارية، وأصوات الأبواب التي تُفتَح وتُغلَق كصوت المدافع.

يمشي الغادون والرائحون على مهل وهم يفتِّشون عن شيء. طالبُ كُلية بلباس عسكري ينتظر في ركن، والممرضات بقمصانهن البيضاء، والأطباء، والصيادلة الذين يعرِّفون بأنفسهم برائحة مهنتهم التي شممتها حين مرُّوا بجانبي، والمرضى الذين يقرؤون القوائم المعلَّقة على الجدران. نشاطٌ في صمت حول أعمال خطيرة. يشبه هذا المكانُ دائرة رسمية، ومدرسة، ومستشفى، وحمَّامًا، ومتجرًا، وثكنة عسكرية، ومعبدًا، في الوقت نفسه.

وجدتُ طبيبي. لكن عليَّ أن أنتظر الجرَّاح. إنه يعطي درسًا في فصل التشريح. كان الطبيب الذي أراني المختبرات والفصول الدراسية وغرف العمليات بضعَ مرات يعلم فضولي في معرفة أي شيء عن مرضي. لم يُرِني غرفةَ التشريح من قبل، فأراني إياها هذه المرة.

دخلنا غرفة كبيرة، رأيتُ أمام جدرانها خزائن زجاجية تمتد إلى السقف، فيها هياكل، وفي وسط الغرفة طاولات مصفوفة عليها أشياء مُغطَّاة تشبه أبدان البشر.

اقتربنا من طاولة.

فكشفَ الطبيب الغطاء عمَّا فوقها.

ميِّت. بدن عار طويل شديد الصفرة. ازرقَّت أطرافه، واسودَّت أضلاعه. وتدلَّت عضلاته، ورقَّت ذراعَاه ورِجلاه. كانت إحدى رِجليه ممدودة، والأخرى معوجة قليلة فبدت الركبة واضحة. رأسه مائل إلى جنب وأقرب إلى طرف الطاولة. أنفه حاد بنفسجي محاطٌ برسمة دائرة، وضمور في شدقَيه وشعر قصير عليهما. جبهته مجعَّدة. في وجهه كره شديد وعذاب: بدا كأنه ما زال حيًّا، كأنه يتعذب، كأنه يحمل في داخله مشاعر كثيرة.

اتجهت عيناي إلى الطاولات الأخرى. كان في أسفل كل غطاء بدنٌ كهذا.

قال الطبيب: «إنها جثة طرية جاءتنا حديثًا». أرعبَني التضاد في كلمتَي «جثة» و«طرية».

شرح لي الطبيب عن الجثة قائلًا:

- هذا المسكين ممن ليس لهم في الدنيا شيء... وليس لهم حتى قبر بعد موتهم. لكنه جثة جيدة للتشريح. يمكن عدُّ عضلاته من رأسه إلى قدمه. جثة ليس فيها شيء من دهن، لا تُتعِب سكين التشريح.

ثم فصَّل لي بعض الأمور تفصيلًا عمليًّا.

فما عدت أستطيع الاستماع إليه. تذكَّرتُ مشهد المقبرة في مسرحية (هاملت) التي قرأتها قبل شهرَين. كنتُ أتذكر في داخلي كلمات الأمير وجمجمة يوريك مهرج الملك بين يديه، كأنها قطعة موسيقية:

«هيهات! يوريك المسكين! لقد عرفتُه يا هوريشيو. كان أكثر المهرجين مرحًا. مخيلة خصبة. حملني مرة بين ذراعَيه، لكن منظره الآن يملأ خيالي بالدهشة! قلبي...»

نكزني الطبيب، ثم وضع الغطاء على يده ووضع إصبعه على فم الميِّت، وفتح شفته المسودَّة قليلًا وقال:

- انظرْ. الأسنان! هل تعلم أن الأسنان لا يصيبها شيء بعد موت الإنسان، بل تبقى كما كانت قبل موته. نستطيع أن نفهم من أفواه الميِّتين كم كانوا يعتنون بأسنانهم في حياتهم. انظرْ، هنا سِنٌّ منخورة...

فأتيت بحركة تُظهِر اشمئزازي، فتركَ الميتَ وشأنه.

خرجنا من الغرفة، ومشينا على مهل. رائحة ثقيلة! تستطيع بثقلها أن تُغرِق باخرة بريد. وصمت مطبق! ما كان لوقع أقدامنا أي صدى. كنت أدفن نفسي في نفسي.

«حملني بين ذراعَيه ألف مرة. هوريشيو! كان أكثر المهرجين سخرية. حملني بين ذراعَيه ألف مرة. مخيلة خصبة. كانت الشفتان اللتان قبَّلتني معلَّقة هنا. يوريك المسكين!»

- لنخرج من هنا وندخل في فصل التشريح إنْ شئت... هل تستطيع التحمل...

لم أستطع أن أقول: كلا.

فقد كنتُ مضطرًا لانتظار الجرَّاح.

«يوريك المسكين! أين...»

«أين كلماتك الجميلة، جنونك، أغانيك، نكاتك التي تكاد تُميتُ المدعوِّين من الضحك؟ الآن...»

سألني الطبيب:

- هل أثَّر فيك هذا المكان؟
- أذكرُ بعض المقاطع من مسرحية.
- إننا معتادون على هذا المكان.

«الآن لا تستطيع أن تضحك حتى بهذه التجعيدة بجانب فمك. لا خد، ولا فم. اِذهَب الآن إلى إحدى نسائنا الجميلات، وقلْ لها تضع ما شاءت من الصباغ على وجهها، فإنها لن تنجو من التحول إلى هذا الشكل الجذَّاب يومًا. أضحِكْها بهذه الفكرة».

دخلنا فصل التشريح. مُدرَّج. الجرَّاح وبيده الأدوات، وأمامه طاولة من رخام عليها جثة. كان يقطع الذراع.

- يا أعزَّاء! البترُ أول شيء علينا الانتباه إليه قبل أي شيء في غرف العمليات...

***

- «أرجوكَ يا هوريشيو، قلْ لي شيئًا».
- «ماذا أقول يا مولاي؟»

اللقمة الأولى

مع أن الأمر بسيط: يمرض الإنسان ويموت.

اضطُرَّ الجرَّاح لمغادرة الكلية بعد خروجه من الدرس، فلم يعاينِّي، لكنه قال للطبيب:

- يا سيد مدحت، اشرَح لهذا الولد، عليه أن يستعمل العكَّاز. إنه يعاني من التهاب المفاصل، ولا مزاح في هذا الموضوع، مرضه ليس خارج المفاصل...
- هكذا قالوا.
- أخطأوا! رأيتُ هذه الركبة من قبل، أنا أعرف.

ثم التفت إليَّ وقال:

- يا صغيري، إنْ لم تصغِ لما أقول، ستفقد رِجلكَ كلها. ينبغي أن تستعمل عكازًا. انظرْ إلى نفسك كيف تعاني في مشيتك.

ثم أعرض عني، ومشى مبتعدًا.

مدَّ طبيبي ذراعه إلي في الحديقة وقال:

- أرجوك، استندْ. الجرَّاح على حق... لا تهمل ركبتك. استعمل عصا على الأقل.

كنا ننزل من الطريق الصاعد ببطء. وهبَّت ريح خفيفة.

كلما سنحت الفرصة للطبيب، كان يعطيني درسًا.

- الجسم، الجسم. جسمك أولويَّتك. مرضك موضعي لكنه يؤثر في جسمك كله. عليك أن تتعرض لأشعة الشمس وللهواء النظيف،

لا سيما هواء البحر... إنك تدرك جيدًا هذه الأمور. كأن مرضك يعلِّمك الطب تعليمًا تطبيقيًّا... هذه الريح مفيدة لك كثيرًا... لكن بشرط أن تكون خفيفة مثل هذه... فالريح القوية تؤثر في أعصابك... هناك مطعم، تعال كي تستريح قليلًا، ونأكل الطعام.

دخلنا مطعمًا شعبيًّا. طلبَ الطبيب مني أن اختار قطعة لحم، وأوصاني بحِميَة غذائية.

أخبرته بقرار الجرَّاح الآخر وأنني حزنت كثيرًا لِمَا قاله.

فكَّر وفكَّر ثم قال همهمةً: «التهاب العظم». ثم فكَّر، وقال مترددًا:

- لا تبالغ في خوفك... دعنا نرَى ركبتك لمرة واحدة... تعالَ بعد غد كي يراها جرَّاحنا. قد نعالجك بعملية صغيرة أو حتى بجبيرة، أو حتى بلصق جزئي للمفاصل.

ثم أكَّد بلهجة قوية:

- الجسم! الجسم... جوهرُ المسألة. كُلْ كثيرًا! أنت تعرف هذه الأمور... لكن، هيًّا، ها قد جاء طعامك... عليك أن تنهيه... امضغْ جيدًا.

لم أشتهِ الطعام. تظاهرت أني أقطع اللحم بصعوبة، ووضعتُ أول لقمة في فمي.

غير أن رائحة اللحم ذكَّرتني بغرفة التشريح. شعرتُ فجأة كأنني أمضغ لحم إنسان متعفِّن، وأشم رائحة قوية. كان هذا الشعور حقيقيًّا حتى أنني ما استطعتُ أن أبلع اللقمة، ولا إخراجها، فاحمرَّ وجهي.

خرجتُ إلى حديقة المطعم ثم عدت. دُهِشَ الطبيب قليلًا لكنه كان يجلس ساكنًا. أعطاني كأس ماء.

لقد فهمَ كل شيء، وقال: «ما كان علينا أن نزور المشرَحة».

كانت تلك الرائحة تملأ المطعم وتسد خياشيمي. بدوتُ كأني عضضتُ خدَّ إحدى الجثث التي رأيتها. كان الطبيب يهمهم: «آه.. آه..». مع أن الأمر بسيط: يمرض الإنسان ويموت.

- «يوريك المسكين».

السكوت الذي قابلني

ثمة أمر في هذه الغرفة، أمر مهم.

دخلتُ القصر، ولكنني لم ألقَ أحدًا في الأرائك في الأسفل ولا في الدرجات، ولا في الغرف المفتوحة، ولا في غرفة الجلوس.

وبينما كنتُ أمرُّ من أمام غرفة نوم الباشا، سمعتُهم يتجادلون في الداخل. سمعتُ صوتَ نزهة أيضًا.

وقفتُ قليلًا، ثم دخلتُ بالقوة التي شعرت بها لدى سماعي قهقهة قصيرة من الباشا.

كان الباشا نائمًا على الأريكة الطويلة، ونزهة جالسة على حافة النافذة تحرِّك رِجليها، وخلفَ باب الخزانة المفتوح كنتُ أرى ساقَي خالتي الثخينتَين وطرفًا من ثوبها الأسود.

سكتوا جميعًا ما إنْ دخلتُ. اندهشتُ حين واجهني هذا السكوتُ بدلًا من الاهتمام، فتقدمتُ خطوتَين نحو الباشا من غير أن أنظر إلى وجه نزهة التي رأت اندهاشي، لم أنظر إليها كي أعلم إنْ بدتْ تعابير الاستهزاء على وجهها أم لا.

أبدى الباشا اهتمامه بي أولًا كعادته:

- أوووه... جميل... أتيتَ سريعًا... ما الأخبار؟

أخبرته أن الجرَّاح لم يعاينِّي، وأنني سأذهب بعد غد مرة أخرى، وأنني أرسلت رسالة لأمي كي لا تقلق عليَّ، وأنني اشتريت رواية، رواية بوليسية لكنها تبدو شيِّقة.

فلم يقل الباشا إلا:

- حسنًا!

وأطبق السكوت في الغرفة مرة أخرى.

نظرتُ إلى نزهة، كانت تنظر إلى الخارج وتحرِّك رجليها.

أما خالتي فكانت داخل الخزانة التي يصدر بابها صريرًا خافتًا.

ثمة أمر في هذه الغرفة، أمر مهم. أثارَ ذلك فضولي، أردتُ أن أعرف الحقيقة، أردتُ أن أتغلب على هذا السكوت الذي قابلني.

لم آتِ بأي حركة سوى تقديمي الرواية للباشا.

أخذها ووضعها فوق طاولة صغيرة وقال كلمات لم أستطع فهم ما يريد منها مثل: «همم، نعم... حسنًا...».

ما زلت أسمع صرير باب الخزانة.

نزلت نزهة من شرفة النافذة وتركتنا لتخرج إلى الشرفة. وأنا كنتُ أرغب في الخروج من الغرفة فورًا والبقاء وحيدًا، لكنني ما استطعت. تراجعتُ خطوتَين مترنِّحًا.

أخبرتهم بصوت خافت بأنني أريد أن أصعد إلى الأعلى، ثم مشيت نحو الباب.

كانت نورفشان تقف عند باب الغرفة، لم أعلم بوجودها إلا حين خرجتُ، كانت تنظر إليَّ بعينَين غريبَتين مُحمَّلتَين بمعانٍ كثيرة.

لم أعرف إلى أين أذهب وماذا أفعل حين خرجت من الغرفة، بدت هذه الدار غريبة وأهلها أشد غرابة. ضاعَت فجأة جميع الذكريات وانقطعت كل العلاقات.

نزلتُ من الدرج، وخرجتُ إلى الحديقة.

وجلستُ قرب المسبح على الأريكة الحديدية التي جلستُ ونزهة عليها ليلة أمس. غير أني ما كنتُ أرى الحديقة، إذ كنتُ في عمى وصمم مؤقت

لِما أعانيه من آلام شديدة في هذا العمر، منها ألمٌ يزداد في ثوان، حتى يبلغ ذروته، فيُحدِث ظلمة وراء عينَي وضجيجًا في أُذني، ويُفقِدني طاقتي حتى لا أستطيع أن أتحمَّل نفسي.

أسندتُ رأسي إلى الوراء، فشغَل عينيَّ جسدُ البُستاني المنحني الذي يبدو تارة ويختفي تارة أخرى بين النباتات في مكان بعيد من الحديقة. لكن نفسي أظلمَت مرة أخرى. خيالاتٌ متقطعةٌ من غرفة النوم التي كنتُ فيها قبل قليل.

صوت الباشا الخشن. الغضب في ركبتَي نزهة. عينا نزهة، وصرير باب الخزانة. وهذا الصوت وتلك الركبتان وتلك العينان والباب كلها كانت بلسان حالها تخبرني بالكثير! أحيانًا تقع حادثة غامضة حولنا فنشعر بها حتى تفاصيلها، لكننا لا ندرك منها شيئًا؛ ثمة روح أخرى في أرواحنا تُدرك كل شيء لكنها لا تخبرنا بشيء، بل ترمينا بإشارات رهيبة إلى أعماق الألغاز لتخنقنا هناك.

رجل متوهِّم

ما بك؟ لماذا تسكت؟

إنني أختنق.

أُخرِجُ رأسي من أعماقي كي أنجو، وأنظر إلى الحديقة. أبحث عن شيء يُلهيني.

ظهرُ البُستاني الأحدب بين النباتات. ما زال في المكان نفسه. أي إصرار يجعله فوق نبتة وبقعة من الحديقة! رجلٌ يؤدي تجارته الروحية كاملةً بطبيعته الأصيلة الشريفة، فيعطي نفسه لها بأمان، ويعلم أنه لن يُخدَع في الحساب الجاري الذي فتحه مع النباتات والتراب، لذلك يعمل بهدوء وثقة، يقف هناك وينشغل بحماسة منتظمة لساعات تحت الشمس من غير تعب ولا نصب فوق بقعة تراب مساحتها عشرون سنتمترًا مربعًا.

أحسدُه فلا أدخل كثيرًا في سعادته، وأعود إلى نفسي، لكن ما أشد الفوضى فيها! آلافُ من الخيالات والذكريات التي لا تطيعني تتبعثر في دوامة شديدة.

أترك المدينةَ ورائي. كماشة في ركبتي. المرض والطبيعة. بياض بين أشجار الصنوبر. الجسم! الجسم! جسمك أولويَّتك. الأولاد في الزقاق أمام باب بيتنا، صرخة حادة فجأة. هل أصبرُ أكثر؟ المحفظة التي أعطتها خالتي للباشا، الاستخفاف والاستهزاء والكره والسلطة وراء الشفقة في وجه الباشا وهو يعطيني النقود، الظل الذي يطول ويقصر على ضوء الشمعة، عينان سوداوان ساكنتان مليئتان بالحياة. قالت: لم أستطع النوم. رددت: وأنا أيضًا

لم أستطع النوم. فسألت: لماذا لم تستطع النوم؟ فأجبتها: كنتُ أفكر في أمر. فقالت: وأنا كنت أفكر في أمر. وشاح فوق قميصها... كانت النسمات تهب من باب الشرفة المفتوح ورائي. أين كتبي؟ بدن عار طويل شديد الصفرة. ضمور في شدقَيه وشعر قصير عليهما. أرجوكَ يا هوريشيو، قلْ لي شيئًا. ماذا أقول يا مولاي؟

جثة فوق طاولة رخامية. هيهات! لقد عرفته، هوريشيو كان أكثر المهرجين سخرية. حملني ألف مرة بين ذراعَيه. أما الآن فلا خد ولا فم! حملني ألف مرة بين ذراعَيه. مخيلة خصبة! أين أغانيك وطرائفك ونكاتك التي كادت تميت المدعوين من الضحك! الرحمة والكره والجدية في نظرات الجرَّاح. ننزل الطريق الصاعد ببطء. مطعم شعبي. لقمة. يوريك المسكين! أرجوكَ يا هوريشيو، قلْ لي شيئًا. ماذا أقول يا مولاي؟

سمعتُ وقعَ أقدام خلفي. قهقهة. وقهقهة أخرى وأنا أحاول أن أستقيم. قالت نزهة:

- أين كنت؟

أمعنَتِ النظر إلى عينيَّ، وانتظرَتْ جوابًا.

- أين كنت؟ ذهبت إلى غرفتك فلم أجدك.

نظرت إلى أمامي، وقلت:

- تعبتُ، أستريح.

جلسَتْ بجانبي. ما زالت عيناها تنظران إلى وجهي.

- كلا، كلا... هناك أمرٌ... إنك تفكِّر بشيء.

فلم أُجِبها. وأصرَّت على سؤالها:

- أقسِمُ أنك تفكِّر بشيء. لماذا أنت حزين مهموم؟

- أمور صغيرة.

- أخبرني.
- أنا متعب.
- أخبرني هيَّا.
- متعب... أتعبني المشي من المحطة إلى هنا. أرتاح قليلًا. أنظر إلى ذلك البستاني. ما أجمل عمله.
- هيَّا، هيَّا... أخبرني.
- فوق عشرين سنتمترًا مربعًا من بقعة تراب...
- هل أغاظكَ شيء؟
- لم يغظني شيء.
- أنا أعرف.
- كلا!
- لقد أغاظكَ شيء قبل قليل. كان واضحًا من خروجك من الغرفة. أليس كذلك؟
- كلا... لم يغظني شيء... ما أنا بمغتاظ.
- أيه!
- بدا لي أنكم تتحدثون عن شيء تريدون أن تخفوه عني... فخرجت.
- كلا! ما كنا نتحدث عن شيء نريد أن نخفيه عنك.
- ربما... هكذا أحسست.
- كلا! إنك رجل متوهِّم! فكِّرْ، فكِّرْ وافهمْ نفسك! ما كنا نتحدث عن شيء سِري. كانت أمي تخلع ثوبها، فلمَّا دخلتَ الغرفة، اختبأت وراء باب الخزانة. أشرتُ لكَ لكنك لم ترَ. هل فهمتَ الآن؟ دعْ عنك هذه الأوهام! إنك إنسان كثير الأوهام. قمْ. إن ارتحتَ، دعنا نقطف الخيار الصغير من غير أن يرانا البستاني، هيَّا.

باريس! باريس!

اِذهبْ، اِذهبْ إلى باريس!

- نعم! نعم! إنها مثلها! تبدو باريس أمام عينَيَّ... بناء المعهد... وهيكل الجمهورية. باريس قاسية. لن نراها مرة أخرى. إذا ذهبتَ إليها ستراها إن شاء الله... ليس لديَّ أمل برؤيتها... لكن الإنسان حينما يقرأ الروايات تبدو باريس أمام عينَيه... وهذه، إنها رواية جميلة... أحسنت! اختياركَ رائع... لقد شربتُ الخمر مئات المرات في تلك الحانات تحت الأرض... أثقل أنواع الخمر...

وأطلقَ الباشا قهقهة وراء قهقهة. لقد فتحتْ تصويرات باريس في الرواية التي أقرؤها له غطاء ذاكرته، فصار يتدفق سيلُ ماضيه قبل خمسة وعشرين عامًا تدفقًا عارمًا من فصلٍ مليء بذكريات عنفوان شبابه. جميع ذكريات باريس، وقهقهاته الكثيرة الجذَّابة التي كان يُطلِق الكثير منها في طفولتي، وإذا كانت ثمة علامة فارقة تذكِّر الإنسان بإنسان وتجعله يحيا في قلبه، فإن ما يذكِّرني بالباشا ويجعله حيًّا في قلبي هو قهقهاته هذه الكثيرة الجذَّابة. قال:

- حينما زرتُ باريس كان سعدي كارنو رئيس الجمهورية. منذ كم سنة؟ انتظر حتى أحسب... 1887... ثلاثة عشر، وخمسة عشر، أي قبل ثمانية وعشرين عامًا. لم تكن في الدنيا حينئذ... لم تكن! ها! كان سعدي كارنو رئيس الجمهورية... كانت لباريس حانات تحت الأرض... كان «القبضايات» يجتمعون هناك... أولئك الذين تقرأ عنهم في الرواية... لا ثلاثة ولا خمسة منهم، عشرة أو خمسة

عشر يجتمعون... ها! وبينهم سياسيُّون... لاسلطويون! كلهم أعداء سعدي كارنو... تُغلَق الأبواب... ويُوضَع مُراقب في الخارج... حتى لا تأتي الشرطة. فالشرطة تعرف كل شيء... وكانت تداهمهم أحيانًا... وبينما هم على هذه الحالة... نعم تُغلَق الأبواب... يقف لاسلطويٌّ على الطاولة، ويخطب فيهم خطبة بليغة! يا إلهي! عينان محمرَّتان... كأس من الخمر تتلوه كأس أخرى! ويصيحون: «أَ بَا سعدي كارنو» أي «ليسقط سعدي كارنو»... يرمي بعضهم الكؤوس على الأرض فيكسرونها... ويصعد الجميع فوق الطاولات، وتتعالى أصوات الخُطَب، والصيحات، والصرخات، فرح، وابتهاج، وعاصفة، كأنما القيامة قامت!

يتوقف الباشا قليلًا بعد أن تعب، ويشاهد في داخله تسلسل ذكرياته، كان يطلق أنات بدت لي كأنه يقول: «هاييي... آه».

كنَّا آنذاك قد دخلنا الحرب العالمية، وكان الاتحاديون هم الحكَّام. كان الباشا صديقًا للفرنسيين، كارهًا للألمان، عدوًّا للاتحاديين. كان يقرأ جريدة «الصباح» دائمًا، ويبحث عن نجاحات الطرف المعارض. تغيَّرت لغة خطاب جريدة «الصباح» فجأةً بعد ضغوطات من الباب العالي، وصارت تؤيد الاتحاديين، حتى أنها لم تهتم بمقتل ناظم باشا واكتفت بسطرين أو ثلاثة لنقل الخبر. فلمَّا رأى الباشا غدر هذه الجريدة، غضبَ على وسائل الإعلام كلها، وما أدخلَ جريدةً إلى قصره. لذلك يُحيي الحرصُ على المعارضة السياسية المختلطة بذكريات الشباب هذا العجوزَ الذي جاوزَ الستين إحياء اللاسلطويين، ويبعث طاقاته، ويهيجه. قال:

- ثم قتلوا سعدي كارنو... لم أكن آنذاك في باريس... كنتُ في إسطنبول... قتله لاسلطوي إيطالي وغد... في ليون... هل فهمت؟

اذهبْ، اذهبْ إلى باريس! ستجد حانة تحت الأرض خلف زقاق (بونت - نوف) الذي تقرأ عنه في الرواية. حانة جميلة، أما زالت هناك اليوم يا تُرى؟

كادت أنفاسه تنقطع. أكلمتُ قراءة الرواية:

لأن سيارةً مغلَقة عبرَت (بونت - نوف) بمصابيحها التي تبعث ضوءًا أصفر يذكِّر بالموت، وتوقفتْ أمام سور المعهد. ثم نزل من السيارة رجلٌ في منتصف عمره يلبس قبعة بلون فضي باهت ووراءه رجل متوسط الطول أحدب، وأمرَه قائلًا:

- «أطفِئ المصابيح».

كلام سِرِّي

السِّر في الغرفة.

بينما كنت أمشي إلى غرفة نومي، رأيت نورفشان أمام الغرفة، وبيدها شمعدان، فقالت:

- أنتظرك. وضعتُ الشبكة فوق سريرك، فقد كثُرَ البعوض.

دخلَتِ الغرفة معي. ونظرت حولها تبحث عن شيء تصنعه كي أرتاح أكثر، وبدت ضجرة لأنها لم تجد شيئًا.

جلستُ على الكرسي وانتظرت خروجها، لكنها لم تخرج ووقفت أمامي. كان من الواضح أن هناك شيئًا تريد أن تقوله لكنها لا تجرؤ عليه.

أردتُ أن أجعلها تتكلم فقلتُ:

- أيه... أخبريني يا نورفشان... كيف طائر الحسون... ألا يأكل طعامه؟ هل تعافى من مرضه؟

أحبَّ الباشا في سنوات شيخوخته الأخيرة الطيورَ فأتى بطيور كثيرة إلى قصره ليربِّيها، وأعطى طائر حسون مريضًا لنورفشان التي كانت تعالجه في غرفتها.

- لم أستطع أن أرعاه اليوم رعاية حسنة، فقد جاء ضيوف.

ثم أمعنت النظر في وجهي، وقالت بصوت أعلى:

- جاءت أم الطبيب راغب.

ثم استطردت بسرعة خشية ألا أهتم بهذا الموضوع، فقالت:

- الموضوع تطور.

- أي موضوع؟

- سيبتُّون في الأمر في يوم أو يومَين. سيعطون السيدة الصغيرة للطبيب.

فقلتُ محاولًا أن أتعامل مع الخبر تعاملًا طبيعيًّا على قدر استطاعتي:

- هكذا إذن! أخبرتني نزهة. هذا يعني أن عريسًا سيأتي إلى هنا، ما الغريب؟

طأطأت نورفشان رأسها، وعبست عبوسًا لم يخفِ عدم رضاها. ثم قالت:

- سوف يأخذ الطبيب السيدة الصغيرة إلى برلين بعد الزواج. فهو سوف يعمل في مستشفى هناك.

- ها... هذا يعني أنكِ لن تري السيدة الصغيرة.

- أنا لا أريد هذا الزواج أبدًا، والباشا أيضًا، لكن زوجته تريد.

ونظرت إلى وجهي مرة أخرى، وانتظرت كلمة مني تعبِّر عن مشاركتي لرأيها، لكنني لم أقلْ شيئًا. فأكملت:

- كانوا يتكلمون عن هذا الموضوع اليوم حين دخلْتَ غرفةَ الباشا، فسكتوا فجأة.

لم أستطع أن أضبط نفسي فسألت:

- ها... هل دخلتُ وهم يتكلمون عن هذا الموضوع؟

- نعم.

ثم سألتُ بعد تردد:

- عمَّ كانوا يتكلمون؟

- كانت السيدة زوجة الباشا تتكلم عن أم الطبيب.

- وماذا كانت تقول؟

- كانت تتحدث عن ضرورة البتِّ في هذا الموضوع خلال أيام. والعرس خلال شهر... فالطبيب سيذهب إلى برلين مع بداية الخريف، وسيأخذ معه السيدة الصغيرة.

- وماذا قالت نزهة؟
- كانت تضحك.
- والباشا؟
- كان يضحك أيضًا، ويسخر قائلًا: «إذن ستذهبين إلى برلين؟»
- حسنًا يا نورفشان... اتركي هذا الشمعدان، لم يبقَ شمع في شمعداني.
- لقد أحضرتُه لك.
- جيد. تصبحين على خير.
- وأنت كذلك يا سيدي.

خرجت نورفشان.

وأنت كذلك يا سيدي. وأنا أيضًا؟

لا أمل لدي.

نزهة كذبت عليَّ

لا نزهة في الدنيا ينبغي لها أن تكذب.

كنتُ في تلك السِّن وبذلك المزاج، وقد لعبتُ قليلًا في طفولتي ولم أعرف الخداع إلا قليلًا، لذلك كنت أرى الكذب أشد الجرائم. وعندما أسمع كذبًا، كنتُ لا أحار من قدرة الناس فقط على تحمله، بل حتى قدرة الأشياء. على كل شيء أن يثور على الكذب، حتى الأشياء: على حجارة القرميد في السطوح أن تتطاير، على الأشجار أن تُقلَع من جذورها وتختفي في الهواء في ثوان، على الزجاج أن يتكسَّر، وحتى النجوم عليها أن تسقط وتتفرق إلى ألف قطعة في سماء الأرض... مراهق مسكين...

نزهة كذبت عليَّ.

آه، أنا أعرف روحي الثانية داخل روحي، ترى الأسرار بعينَيها، وتسمع الخوافي بأذنَيها، وتشعر بكل شيء وتجعلني أشعر به، ولا تخدعني، آه، روحي تلك لا تخدعني.

شعرتُ بكل شيء ما إنْ دخلتُ الغرفةَ في ذاك اليوم. كان ثلاثة من المُنادين يصرخون بي: صرير باب الخزانة، وركبتَا نزهة، وعينا نورفشان.

أحبّوا الحقيقة تُحبِبْكم، ابحثوا عنها تبحثْ عنكم، وليبنِ الكذب فوقها الجدران العظيمة عِظم سور الصين، ستُعلِمنا الحقيقة بوجودها تحت تلك الجدران بأنَّة خافتة، وبنفحة خفيفة، وبإشارة صغيرة، وتقول: «أنا هنا».

نزهة كذبت عليَّ.

ما أسرع خلقها لتلك الكذبة! وما أكملها! وما أجملها! أمها داخل الخزانة! ما أسرع إيجاد المخيلة التي تربَّت على الكذب عناصرَ الحقيقة! ما أسرع توجيهها للأشياء المحيطة والأحداث لغايتها! وكيف يخدعُ الأعينَ البصيرةَ هذا النصبُ الذي بُنيَ بتراب حقيقي وماء، والذي جعل الحقيقة أداته؟ يا لها من صنعة! يا لها من مهارة!

«إنك رجل متوهِّم! فكِّرْ، فكِّرْ وافهمْ نفسك! ما كنا نتحدث عن شيء سِري. كانت أمي تخلع ثوبها، فلمَّا دخلتَ الغرفة، اختبأت وراء باب الخزانة. أشرتُ لكَ لكنك لم ترَ. هل فهمتَ الآن؟»

فهمتُ الآن... أيتها الصغيرة!

لكن يا رب، لماذا أنا مُضطَرٌّ للنوم في هذه الغرفة الليلة؟ لماذا لا أقوم وأذهب إلى بيتي مشيًا لأسقط مغشيًّا عليَّ في أريكة بيتي؟

نزهة كذبت عليَّ.

أريد أن أواجهها بهذا الأمر. تأمرني الحقيقة أن أحارب الكذب. عمل مُقدَّس. سأنهي هذا العمل. أستطيع أن أجعل حياتي لهذه الغاية. لا نزهة في الدنيا ينبغي لها أن تكذب. (مراهق مسكين) سأمنع هذا الشيء وحدي. (مراهق مريض مسكين عمره خمسة عشر عامًا) سأمنع ذلك! (مراهق مسكين... مسكين...)

فهمتُ أنني لن أستطيع النوم تلك الليلة.

نزهة كذبت عليَّ.

لكن كيف سأصبر حتى الصباح؟ ليتها تأتي إلى غرفتي مرة أخرى...

فكرتُ بالذهاب إلى غرفتها وأنا أتمنى هذه الأمنية. وصرتُ أحسبُ كل محظور.

أقنعتُ نفسي بأنني أستطيع الذهاب إلى غرفة نزهة بتدابير لا تخطر على بال ألهمتني بها رغبتي العارمة. مع أن الخطر موجود، لأن غرفة نزهة فوق غرفة الباشا بالتمام، ويمكن سماع الهمسات من الأسفل.

وبينما أفكِّر في التدابير لمواجهة هذا الاحتمال، وجدت جسدي قد قرَّر وقام قبل أن تنتهي محاكمات عقلي.
وقفتُ عند عتبة الباب واستمعتُ لما حولي. صمتٌ مطبقٌ. القصر في نوم عميق وظلام حالك.
خطوتُ بضع خطوات، ثم توقفت، ووصلت إلى غرفة نزهة بأمان، وطرقت بابها مرتَين طرقًا خفيفًا. فسمعتُ صوتها من الداخل يقول:
- مَن هناك؟
كنتُ أكتشفُ حتى في صوتها مكرًا وحيلة وشيئًا يستتر ويتغير ويختفي ويخدع.
- افتحي يا نزهة!
- ليس للباب قفل.
أدرتُ مقبض الباب، ودخلت خطوتَين وأغلقتُ الباب ووقفت. كانت نزهة جالسة على سريرها تحدِّق بي. مرَّت دقيقة على هذه الحال. ثم قالت:
- ما بك؟
اقتربتُ بضع خطوات.
- أريد أن أخبرك بأمر مهم يا نزهة، هلَّا تأتين إلى غرفتي؟ صوتنا هنا يُسمَع من الأسفل.
كانت لا تزال تحدِّق بي. لم تستطع أن تقول شيئًا، فقد رأتني جادًّا. ثم قالت:
- حسنًا... سآتي...

مراهق جامح

شهوة التصديق.

- ربما أحتاج إلى مواساة، لكنني لا أريدها، هل فهمتِ؟ لا أحب أن يكذب عليَّ أحد. وما هذه المواساة السخيفة! ألن أسأَم أكثر بعد أن أفهمَ ما فهمت؟
- عمَّ تتحدث يا عزيزي؟ أنا لا أفهم شيئًا...
- إنكِ مجبورة على الاستماع إليَّ وفهمي يا نزهة! أقولُ لكِ: كوني صادقةً معي. الجميع يكره الكذب ويكذبون لكني أكره الكذب أكثر من الجميع، وأكذب أقل منهم. هذا طبعي.
- حسنًا، ولكن لماذا تخبرني بهذا؟
- عليكِ أن تفهمي هذا.
- أنا لا أفهم شيئًا.
- نزهة! عليكِ أن تفهمي هذا.
- لا أفهم شيئًا، أنا حائرة، ماذا أصابكَ؟ ما بِك؟ أي أوهام لديك هذه المرة؟
- ليست أوهامًا، أنا لا أتوهَّم أبدًا. أنا أشعر، أشعرُ بالحقيقة.
- أي حقيقة؟
- الحقيقة التي أخفيتها عني.
- أف... ما أغرب ما تتكلم عنه! لا أحبُّ الكلام هكذا. كلمات غامضة... صارحني بالقول يا عزيزي.

- لقد أحزنتِني الليلة.
- لماذا يا عزيزي؟
- كانت نورفشان هنا قبل قليل، وأخبرتني بما كنتم تتحدثون عنه حين دخلتُ الغرفة اليوم.
- حسنًا...
- عليكِ أن تفهمي... إنك تفهمين. لكنكِ تبحثين عن كذبة جديدة كي تغطِّي كذبتك السابقة، وتحاولين أن تكسبي وقتًا.
- لكنكَ ستقتلني لكثرة ما تثير فضولي. أي كذبة يا عزيزي؟
- أخبرْتِني أن أمك كانت تبدِّل ثيابها وأنها مختبئة في الخزانة.
- وماذا في هذا؟
- كذب...
- صحيح، أنتَ أصغر مني بأربع سنوات. كيف أثبت لك؟ أبدًا... انظرْ إليَّ، انظر إلى وجهي. أقول لكَ مرة أخرى إنك عندما دخلت الغرفة كانت أمي تبدِّل ثيابها، واختبأت في الخزانة.
- هل جاءت أم ذلك الطبيب؟
- نعم، جاءت.
- هل طلبت أن تبتوا في موضوع الزواج خلال أيام؟ هل أخبرتكم أن زوجك سيأخذك بعد العرس إلى أوربا؟
- لا تقل: «زوجك»، إنك تغضبني. نعم أخبرتنا.
- ألم تكونوا تتحدثون عن هذا الموضوع في الغرفة اليوم؟
- نعم، كنا نتحدث.
- لماذا أخفيتِ هذا عني؟

- لم أخفِه. كنتُ سأخبركَ بكل شيء الليلة. كنت أشعر بالملل في الحديقة، وهذا الموضوع طويل. لذلك أجَّلته لليل. إذا كنتَ تريد أن تعلم إن كانت أمي تبدِّل ثيابها أم لا، فانزِلْ وأيقِظْ نورفشان الآن واسألها. إنها تحبك وستخبرك بصدق.

زفرتُ زفرةً. إشعارٌ بالتصديق.

قالت نزهة بسرور:

- آه منكَ أيها الولد الكبير.

فتبسَّمتُ ونظرتُ إلى الحادثة بفرحة جنونية، كنتُ أبحث عن نقطة غير حقيقية، لكنني كنتُ أجن من الفرح مثل أولئك الذين يحتضنون بشوق ما يؤمنون بأنه الحقيقة بعد أن تبدأ شهوة التصديق، كنتُ سعيدًا سعادةً أنستني أوهامي.

نوم نزهة

جولة في بساتين الورود.

جاءت نزهة، وما كنتُ أعرف إلى حينها أنني أحبها، لكنني كنتُ سعيدًا. كنتُ أمعن النظر إليها، وأملأ ناظري بها، وأحاول ألا أرى شيئًا غيرها، وأن أجعل صورتها في عينيَّ صورة صافية، كأنها جولة في بساتين الورود. يا لها من صديقة رؤوفة! تطمئنُني.

- صار موضوع الزواج هذا يغضبني. إعطاء كلمة وتحديد يوم وغيرها... كيف يفعلون كل هذا من غير أن يسألوني! أنا أضحك الآن، لكنه يبدو غريبًا لي... سأغضب يومًا ما.

كانت تتكلم بانفعال.

- هذا الرجل زارنا مرتَين أو ثلاث، ثم طلبني. أنا لا أتزوج هكذا.
- وكيف تتزوجين؟
- لا أعرف كيف سأتزوج، لكن ليس بهذه الصورة...

أتغير

في داخلي خوفٌ من الرجوع إلى الماضي.

غضبتُ في اليوم التالي على نفسي لأنني أستعجل في ظني أني سيئ حظ. في ذلك اليوم أسعدَني ذلك القصر في كل دقيقة، وقد أوشكتُ قبل يوم أن أقطع علاقتي به لأوهامي ووساوسي. وحتى خالتي التي كانت تعاملني بجِدِّية في كل وقت لمحبة الباشا العظيمة لي كانت تُشعِرني وهي تضع لي الطعام في طبقي أنها سعيدةٌ بهذا العمل، وقالت:

- عليكَ أن تأكل، سأغذِّيك وأجعلكَ سمينًا هنا. ستتحسن تمامًا ثم تذهب... ما شاء الله وجهكَ مشرقٌ اليوم. لقد لاءمتكَ أرنكوي في يومَين.

وكان الباشا حسن المزاج إذ قال:

- أعجبتني الرواية التي أحضرتها. سنقرأ منها الليلة أيضًا لنرى إن كان ذلك الوغد سيخطف الفتاة أم لا.

وكانت نزهة تثني عليَّ قائلة:

- ما أجمل الأيام وأنت بيننا... إنني لا أمَلُّ. ماذا سنفعل إنْ اعتدنا عليك؟

لقد حرَّكت هذه الكلمات البسيطة مشاعر الغرور فيَّ كما لو أنها اعتراف بعشقها لي.

أمضيتُ ذلك اليوم مع نزهة في الحديقة حتى المساء. وأدركتُ أنني مسرور لأننا لم نتكلم عن الطبيب راغب، ولا المرض، ولا الخزانة، وكأنَّ أيًّا منها ليس في حياتنا.

كنا نذهب إلى البستان بِذريعة أننا نريد أن نرش الكبريت على الزرع، فننحني ونتلاقى. السعادة مثل المصيبة سريعة الزوال! وما أقصر المسافة التي بقيت كي أقترب من نزهة! لكنني كنت ناسيًا السعادة نسيانًا جعلني لا أتقدم أكثر.

أخبرتني نزهة أنها رأت حلمًا جميلًا، لكنها لم تحدثني عنه.

- لماذا لا تحدثني عنه؟ هل فيه شيء لا يمكن الحديث عنه؟
- أريد أن أحدثك عن شيء لكنني لا أستطيع.
- أهو شيء تخجلين منه؟
- إذا أخبرتكَ، كشفتُ حلمي.
- هل كنتُ في الحلم؟
- قلتُ لكَ إنه حلمٌ جميل!
- أخبريني يا عزيزتي، هيَّا أخبريني.
- أخاف ألا أرى الحلمَ مرة أخرى إنْ أخبرتك.
- ألا نستطيع أن نجعل هذا الحلم حقيقةً؟

لكنها ضحكت ومضت.

نظرتُ حولي، البستان، مرَّت سنوات كثيرة من طفولتي في هذا القصر وفي هذا البستان وفي هذه الحديقة. لكنني أجد نفسي في مشهد جديد، كل شيء يتغير حولي، أو أنا الذي أتغير في الواقع؛ ما أكثر الأحداث في يومَين! لا أعرفُ نفسي التي كانت قبل يومَين، ولا ما كان حولي قبل يومَين. وفي داخلي خوف من الرجوع إلى الماضي. لا أودُّ أن أذكرَ شيئًا. أخاف حتى أن أدخِل يدي في جيبي فأجد قطعة ورق أو شيئًا يذكِّرني بما كان قبل يومَين.

دخل رجلٌ من باب الحديقة، ومشى نحو القصر. أمعنت نزهة النظر في هذا الرجل، فسألتها:

- مَن هذا؟

عبسَتْ ولم تجب وابتعدت عني ومشت وراء الرجل.

خرجَ الرجل إلى حديقة القصر بعد دقيقة، وجاءت نزهة إليَّ.

كان استياؤها ظاهرًا على وجهها، وقالت:

- مساعد الطبيب! سيأتي الطبيب هذا المساء، لذلك أرسل مساعده يخبرنا.

أرادت نزهة أن تمنع اضطرابي الذي سينجم عن سكوتها، فقالت:

- سأجلس معه نصف ساعة، ثم نخرج معًا إلى الحديقة ونجلس.

فلم أقل شيئًا. ثم قالت:

- ستراه أنتَ أيضًا، نتكلم نصف ساعة... هل توافقني الرأي؟

أجبتها بحركة صغيرة من رأسي، ولم أقل شيئًا.

لكن قلقًا أصابني فجأة، هل هذه الشجاعة تأتي مني أم من نزهة؟

الطبيب راغب

التجسس بل حتى الحب الجديد هو أنا.

قامة طويلة، شعر أشقر ناعم خفيف، كل قطعة من لحمه زهرية اللون، رأس سليم. فمٌ معتاد على الضحك ويتبسم حتى في الجد. عينان زرقاوان نشيطتان مزَّاحتان ضيَّقهما ذكاءٌ عمليٌّ. في داخله - حينما ينظر إليَّ - غرور ومسامحة ورأفة وتقدير. أنف سلافي أفطح. جسم قليل الحركة قائم، ونظرات معتدلة تخلو من غضب. لطافة معتدلة. اعتدال في الشخصية، وانطلاق هندسي إلى الغايات، وتوازن سطحي: إنه الطبيب راغب.

يفتح الموضوعات بهدوء ويتكلم، في صوته قليل من الرجفة. المقياس محيط بكلامه: رقم، أو مسافة، أو خط، أو خريطة، أو عدد.

- يا سيدي، هذه القطارات لا تمشي حتى عشرين كيلومترًا.

أو

- تخيَّلوا خطًّا دائريًّا مركزه أرنكوي، وفوق القطر بين علمداغ وكاديكوي...
- الرجل المسكين يفكِّر بامرأته خمسًا وثلاثين مرة في اليوم، لكنه لا يراها تبتسم مرتَين في الأسبوع.

لمَّا رآني الباشا صامتًا، فتح موضوعًا بناءً على الرابطة المؤلمة التي تربطني بأي طبيب، إذ قال:

- يا سيد راغب، مصادفة جيدة، ثمة شيء في ركبة ولدنا هذا.

ثم التفت الباشا إليَّ وقال:

- هلَّا تشرح له... أنت تعلم مصطلحات الأطباء.

وجَّه الطبيب راغب رأسه وكتفَيه إليَّ بحركة آلية.

لكنني لم أخبره إلا باسم مرضي.

فذهب الغرور من عينَيه ونظر إليَّ بشفقة وسألني:

- منذ متى؟

- سبع سنوات.

وعاملني بأسف ورحمة كانت ستهز كياني أمام نزهة:

- إذن... إنه عميق: الورم الأبيض.

فوافقتُ على قوله لأن نزهة لم تكن تعلم ما معنى هذه الكلمة.

لكن الباشا سأل:

- ما معنى ذلك؟

فقال الطبيب راغب وقد فهمَ أنني لا أريده أن يجيب عن هذا السؤال:

- لا شيء! مرض له علاقة بالبُنية...

ثم سألني:

- هل وضعوا جبيرة؟

- مرتَين، ربما سيضعون مرة ثالثة. وخضعتُ لبضع عمليات.

تنهدت خالتي وهمهمت:

- مسكين، عانى الكثير.

بدأت أرتعد من هذه الرحمة التي غشيَت الغرفة، لكن هذا الشعور القوي الساري كان يهاجم الأرواح كلها. قال الباشا بصوت هادئ:

- ماذا نفعل يا سيد راغب؟ هذه العِلَّة تجعلنا نفكِّر كثيرًا.

- سأدُلُّكم يا باشا إلى جرَّاحَين كبيرَين ليرَيا ركبته.

فقلتُ بصوت حاد يبتُّ هذا الموضوع:

- أريتُهم ركبتي جميعًا.

فأطبقَ الصمت. كان صوتي حادًّا حتى إن صداه ما زال في أذني. ثم قلتُ بأسلوب ليِّن يعدِّل مما ظهرَ مني:

- سيتشاور الأطباء في أمري غدًا في الكلية.

وأخبرتهم باسم الجرَّاح الكبير.

فقال الطبيب راغب:

- عظيم!

وانتقل إلى موضوع آخر بعد أن فهم أنني أريد إغلاق هذا الموضوع.

خرجت نزهة مرتَين من الغرفة ودخلت، وفي المرتين أشارت بعينيها إليَّ أن أخرج لكنني ما تحركتُ من مكاني. والنتيجة تفضيلي الطبيب راغب على نزهة.

وغالبًا هذا التجسس هو ما يربطنا بالعدو أكثر من الصديق.

ملاحظات

ظهور المصيبة قبل خمسة عشر يومًا.

- كنتُ في غرفة معاون في جناح أجهله في الكلية: سريران، في وسط الغرفة طاولة خضراء عليها قارورة وكتب. زر كهربائي على الجدار. وخزانة ثياب على اليمين.
- لا أحد في الغرفة. خرج الطبيب مدحت إلى الخارج قليلًا. كانت هذه الغرفة غرفة معاوني الباشا.
- جاء السيد مدحت وسألني:
- ماذا تكتب؟
- ما أراه في هذه الغرفة.
- دخل رجلان وامرأتان مسيحيَّتان. كان الرجل ذو اللحية يعاين إحدى المرأتَين. كانت مشكلة السيدة في ركبتَيها. أصابها التيفوئيد قبل ثلاث سنوات.
- الجرَّاح... كنتُ في غرفة الباشا. خضعتُ لتصوير إشعاعي قبل قليل.
- هذه الغرفة مستطيلة. باب على اليمين. وكراسي مغطاة بغطاء أبيض. ومقعد للمدخنين مزخرف بالصدف. وكرسي آخر. وساعة فوق الطاولة. أدوات كتابة، كأسان من الورد، وطربوش شديد السواد مجهول صاحبه (ربما لطبيبنا)، حشوة قطنية، وختم، وفنجان قهوة، وقارورة دواء لا اسم لها. علبة... (دخل الجرَّاح، كان هناك حشد من الناس في الخارج) علبة سجائر.

• مرآة عادية أمامي على الجدار. وصورة لعملية في مدرج على جانبي الأيسر، ومقياس للحرارة بجانبي، وتقويم ورائي. ورقة للفصل الدراسي ملصقة على الباب. ما يجعل إسطنبولَ جميلة اليوم... غرفة الباشا.

• اتجه الجرَّاح إليَّ وقال:

- اجلسْ يا ولدي، اجلسْ! ماذا تكتب؟

- ما أراه في هذه الغرفة كي لا أملَّ.

• حشد من الناس خارج الغرفة. أصوات.

• قام الجرَّاح ثم توقف عند الباب.

• صاح الطلبة:

- هل ستأتي إلى الدرس يا أستاذ؟

• فصاح الجرَّاح غاضبًا:

- إذا كنتم لا تريدونني، فأخبِروا الإدارة، ليأتي غيري. إنْ كان هو باشا فأنا سيد.

- كلا يا أستاذ، اعذُرنا.

- كلا... يجب أن يكون كل شيء واضحًا، أليس كذلك؟

• لم يستطع الجرَّاح ضبط نفسه وعاد إلى الغرفة.

• جلسَ على ذراع الأريكة بغير قصد. وصاح على طالب واقف عند الباب:

- لو سألتُ مثلًا ما معنى «كال» لما عرفتَ.

- لا شك أنني لا أعرف يا سيدي.

• اندهشتُ من الجرأة في جوابه. لكنني سأسأل طبيبنا عن معنى «كال» هذا. ربما سيضعون جبيرة على ركبتي.

- أنا في محطة القطارات. أنتظر القطار. حالتي سيئة. مدَّ الجرَّاح ركبتي، وفحص نتائج التصوير الإشعاعي. شعرت بآلام شديدة. القرار هو: أولًا التشخيص القطعي هو (التهاب المفاصل السِّلِّي). العلاج: لا بد من العكاز أولًا، ولا بد من عملية وجبيرة. عودة الفاجعات القديمة. لا بد من الاستلقاء على السرير. لا بد من تقوية البنية. العملية برأي الجرَّاح خلال أسبوع. لحسن حظي أن طبيبي قال:

- اِذهبْ، واسترِحْ في أرنكوي، لكن استراحة تامة. ركبتك وروحك المعنوية... استجمع قواك... ربما عشرة أو خمسة عشر يومًا...

- هل سأُخبِر نزهة بهذا؟ كلا! حتى أنني سأخفي دفتر الملاحظات هذا. ربما قد تراه وتقرأ ما فيه. سأقول لها ولهم: «عليَّ أن أرتاح، وربما سأخضع لعملية صغيرة فيما بعد. ركبتي جيدة». هذا ما سأخبرهم به فقط.

- فُتِحَت الأبواب، لنرَ ماذا سيحدث.

جدال قصير

ذكروا سعادة نزهة.

سألني الباشا:

- أخبرني... كيف وجدت الطبيب راغب؟

فهمتُ أهمية هذا السؤال فورًا: استشارة جديَّة. كان الباشا يولي أهمية لبعض أفكاري وأنا صغير، وكنتُ أعلمُ الآن أنه سيستنتج نتائج عملية بأفكاري اليوم.

- رجل ودود.

ثم سكتُّ. كنتُ أرتِّب كلماتي. فقال:

- وماذا أيضًا؟ وماذا أيضًا؟

انتبهتُ حينئذ إلى أن خالتي التي كانت على وشك الخروج من الغرفة صارت تتظاهر بأنها تبحث عن شيء فوق البيانو كي تبقى في الغرفة وتسمع جوابي.

فقلتُ وكأنني أفكِّر بجواب:

- وماذا أيضًا!

كانت أجوبتي جاهزة. فقلت:

- رجل ماكر، ولكنني لن أقول إنه خبيث. لا أريد أن أغتابه، لكنه إنسان بسيط.

- مثل ماذا؟

- يحسب حساباته بناءً على منافعه لا غير.

- حسنًا... هذا الرجل...

سكت الباشا، ونظر إلى زوجته، ثم أكمل جملته:

- هذا الرجل هل يستطيع أن يُسعِد فتاةً؟

- يستطيع أن يُسعِد فتاة بسيطة.

- هل يستطيع أن يُسعِد ابنتنا نزهة مثلًا؟

فأجبتُ بعد أن سكتُّ كأنني أُعمِلُ عقلي في محاكمة جدِّيَّة:

- كلا!

كانت خالتي لا تزال تتظاهر أنها تبحث عن شيء فوق البيانو، فالتفتت إليَّ التفاتة سريعة وقالت:

- لماذا؟

فقلتُ بهدوء الطبيب الواثق من تشخيصه:

- لأن لنزهة كثيرًا من الرغبات التي لا يستطيع ذلك الرجل أن يفهمها.

فتحركت كثير من أعضاء جسمها بعصبيَّة، ورفعت صوتها:

- رغبات مثل ماذا؟ يستطيع هذا الرجل أن يفعل أي شيء تطلبه فتاة: الراحة، والثياب، والمعاملة الحسنة...

- كلا يا خالتي، إن هذه الأشياء لا تساوي واحدًا من ألف مما ترغب به الفتاة. الزمان يتغير، لا سيما لفتاة مثل نزهة لم ترَ الشقاء يومًا، فكيف تُسعِدها الراحة والثياب؟ هي في الأصل مرتاحة. إنها تريد أشياء أخرى.

- ماذا تريد؟

- تريد إنسانًا قريبًا منها، لا تستطيع أن تتفاهم مع طبيب كبير. هذا الرجل أَسَنُّ منها بست عشرة سنة.

خشيتُ أن أغضِب خالتي أكثر، فأردتُ أن أُنهي الموضوع، فقلت:

- لكن ما قلتُهُ ملاحظاتي الأولى عنه. أنتم تعرفون الرجل قبلي، تعرفونه أكثر مني.

لقد بدوتُ في حديثي معتدلًا اعتدالًا لم أتخيله كأن لديَّ ثقة الرجال المحقِّين الذين يُهَاب جدالهم. وقهقه الباشا قهقهَتَين قصيرتَين دليلًا على موافقته لما قلت.

أخذت خالتي أول شيء وصلت يدها إليه فوق البيانو وخرجت. وكان يمكن لهذا الشيء الذي أخذتْه أن يتحطم لو رمته على فراش وثير. كانت مشيتها مشية تدل على شدة غضبها.

وحلَّ السكوت بيني وبين الباشا، كان قدَرُ هذا القصر داخل هذا السكوت، وقدري أيضًا. كنت أشعرُ بشدة المصيبة. لم أجرؤ على قول شيء.

همهمَ الباشا:
- نزهة أختك، كبرتما معًا، إنها أختك!

لم أخفِ حيرتي أمام هذه الكلمات التي لم أتوقعها. إنه إنذار! إنذار رجل عارف بكل شيء.

فسألت بشجاعة كبيرة:
- ماذا يعني؟
- إنك تطلب الخير لها، ولا ترغب في زواجها زواجًا سريعًا. أكان ذلك تأويلًا منه؟ وافقتُ على قوله.

ميكروب

ربما هذه الليلة ليلتي الأخيرة في هذا القصر.

أمرني الطبيب أمرًا قاطعًا بالاستراحة. كنت أنزل الدرجات بحذر شديد لأذهب إلى الصيدلية كي أضمِّد الجرح.

وبينما كنتُ أمر من أمام باب غرفة الطعام في الطابق السفلي، سمعت مناقشة حادة بأصوات عالية، فأنصتُّ إنصات مَن يظن أن الحديث عنه. كان صوت نزهة وأمها:

- أمي (قالت نزهة بصوت المدافع دفاعًا شديدًا عن نفسه أمام المحكمة) لا تخبريني بمثل هذه الأمور... لا أريد أن أسمع.
- اسمعِي! عليكِ أن تسمعي! هل تستخفِّين بروحكِ إلى هذه الدرجة؟ لا قدَّرَ الله... (انخفض الصوت وما عدتُ أسمع الكلمات كلها) ميكروب. ثم... ستعانين (ارتفع الصوت). هل فهمتِ؟ ستعانين!
- (بصوت حاد) أمي! أنا واللهِ (انخفض الصوت) لست... (ارتفع الصوت) واللهِ لا أقترب، واللهِ أبتعد.
- (بصوت مرتفع) لا مزاح في هذا الموضوع، هذا ميكروب...
- (بغضب) لا تقولي لي مثل هذه الأشياء...
- (بصوت منخفض)... فصَلْتُها... إشارةٌ على شوكته وملعقته... (بصوت عال) ميكروب في كل ناحية من البيت...

لم أرغب في سماع المزيد مما سمعت فمشيتُ، وخرجتُ من حديقة القصر مسرعًا، وما أردتُ الذهاب إلى الصيدلية، فجلستُ في غرفة الانتظار في المحطة.

كنتُ أبحث عن جميع الاحتمالات الأخرى كي أكون واثقًا من أنهما كانتا تتكلَّمان عني، لكنني ما وجدت احتمالًا آخر. كلما تذكرت كلمة «ميكروب»، فهمتُ أني كنتُ موضوع حديثهما. من الممكن أن خالتي كانت تستفيد من احتمال عدوى مرضي كي تزيد المسافة بيني وبين نزهة.

فجأةً اتخذتُ قرارًا.

أردتُ من غير تبذير الوقت أن أطبقَّ هذا القرار الذي كان يحمل معه طاقة عظيمة يحتاجها كي يُطبَّق، فقد كان الوقت عدوه اللدود.

قررتُ أن أعود إلى بيتي ذلك المساء.

مشيتُ بعد تضميد جرحي وأنا أبحث عن أعذار مقنعة كي أُظهِر لساكني القصر أن قراري المفاجئ طبيعي.

دخلتُ القصر قبل حلول المساء، وصعدت إلى غرفة الجلوس أولًا. كان الباشا هناك، ونزهة تعزف على البيانو. فلمَّا دخلتُ قامَت. مشيتُ نحو الباشا من غير أن أنظر إليها، وأخبرته بقراري:

- أريدُ أن أعود الليلة إلى البيت بإذنك.

أخبرتهم أن التضميد في صيدلية أرنكوي ليس جيدًا. فاستاءَ الباشا، وأصرَّ على أن أغادر في اليوم التالي، لكنني أصررتُ أيضًا.

ثم قال لي بلهجة الآمر:

- تذهب غدًا.

فقبلتُ بمزيج من حزن عميق وسعادة ضئيلة. لم تقل نزهة شيئًا، وبدت بسكوتها مخلوقًا خطيرًا يفهمني.

استمرت بالعزف على البيانو.

بدأ ظلام ليل أرنكوي يسري في الغرفة. إنه ساعة أفول كل شيء، أشعة الشمس والألوان تنسحب. وبريق الأشياء المعدنية يبهت. كان هناك

انسحاب وأفول وخفة في كل شيء. تذوب حتى أسمك الأجسام ويُغشَى على أرنكوي.

أسندتُ رأسي إلى الخلف. تسليم تام عكس ما كنتُ أشعر به من عزيمة قبل قليل. ما كنتُ أسمع الإيقاع السحري الذي كان يخرج مما تعزفه نزهة، ما كنتُ أسمع إلا الألم في ذلك اللحن.

أذكرُ أول يوم أتيتُ فيه إلى القصر، ويبدو لي أن الحكاية التي بدأت يومئذ تنتهي اليوم.

وربما هذه الليلة ليلتي الأخيرة في هذا القصر.

أنظرُ إلى نزهة. ثوبها الأبيض البسيط وأصابعها المتثاقلة فوق أزرار البيانو البيضاء. تفقد هي أيضًا الإيقاع السحري للمقطوعة المعزوفة. الثوب الأبيض والأزرار البيضاء والأصابع التي ما عدت أراها.

حلَّ الليل.

صوت الباشا الغاضب:

- المصباح!

هجوم اللاقوميين

الرجال المقدَّسون الذين يسيرون والدهان الأسود بأيديهم.

سببٌ آخر جعلني اضطر للبقاء في القصر في الليلة التالية: مجيء أمي. كانت المائدة عامرة في تلك الليلة، إذ دعت خالتي الطبيبَ راغب وأمه أيضًا إلى الطعام.

كنتُ جالسًا بجانب نزهة، لا أسمع ما يتحدثون عنه في الموضوعات البسيطة ولا أشاركهم الحديث.

سمعتُ فجأة اسمي فرفعت رأسي، كان السيد راغب ينظر إليَّ، وقال:

- ما رأيك يا سيدي؟

فأظهرتُ حيرةً تنبئهم أنني لا أعرف عمَّا يتحدثون، فقال الباشا:

- يقول السيد راغب: هناك مجموعات من ثلاثة أو خمسة أشخاص يتجولون في منتصف الليل في إسطنبول وفي يد كل واحد منهم دلو فيه دهان أسود، فيدهنون كل عبارة فرنسية يرونها. ما رأيك بفعلهم؟ لن يستطيعوا محو اللغة التي نتعلمها منذ أربعين عامًا كي نسترضي الألمان!

لم يعجبني الموضوع. لا يهمني مَن يستفيد، أخبرتهم بأنني معارض لاستعمال الفرنسية في اللوحات المنتشرة في الأزقة ونحن نملك لغتنا التركية الجميلة. فشرعَ الباشا والطبيب يهاجمانني بأفكارهما اللاقومية البسيطة. وسعى الباشا عبثًا كي يجعل من محبته للفرنسيين عقيدة اجتماعية. كان يسرد أفكار حقبة الإصلاحات السياسية لدى الحديث عن تأثير فرنسا في ثقافتنا.

لم أعرف إذا كان الطبيب صادقًا فيما يقول، لكن دليله الوحيد في هذا الموضوع كان ادعاؤه أن التركية غير كافية، وكان يقول: «حتى الوصفات الطبية نكتبها بالفرنسية».

كنت أدافع عن أفكاري بقوة واثقًا بنفسي مدركًا أن لدي عدة أكثر من هذَين الرجلَين. لكن لم يكن على المائدة رأي عام قوي يعطي الحُكمَ الأخير. فهذا الرأي العام الجاهل قد تخدعه الفكرة التي يدافع عنها معارضيَّ بأدلتهما المشخَّصة وتشبيهاتهما المبتذلة لدحض نظرياتي المجردة. وهنا كانت تكمن نقطة ضعفي. كنتُ أنتظر دعمًا من نزهة، لكن حدث العكس، إذ انضمت إلى معارضيَّ.

دخلتُ المناقشة بكل قوتي وانتفضت انتفاضةً جعلت الباشا يغضب عليَّ ويهاجمني بدءًا من قلة تجربتي وجهلي إلى أعلى درجات عزة نفسي.

واشتدت المناقشة وازداد الجدال، واحمرَّ وجه الباشا احمرارًا شديدًا، وراح يوسِّع المنديل الذي ربطه على رقبته. أما أنا فكاد يبهت لون وجهي.

بدا على وجه النساء خليط من الخوف والقلق، فاخترتُ السكوت فجأة. وصار الباشا يدخل في تفاصيل تؤيِّد نصره الوهمي.

كان الشيء الذي أسكتني كرهي. كنتُ مستاءً لاضطراري إلى جدال هؤلاء الناس الذين لا يستطيعون فهم أبسط القضايا الاجتماعية والذين أضاعوا شخصياتهم بتأثير أجنبي.

ما كنت أرى حلًّا إلا بقطع هذه الرؤوس التي تسطَّحت تحت وطأة إسطوانات المدارس الأجنبية في تركيا. وكنتُ معجبًا بالحكومة لأنها أزالت الامتيازات الممنوحة للمدارس الأجنبية. مع أنني لم أتوقع من قبل أن هذه المدارس ستلعب دورًا حتى في عشقي.

وُلِدَ طفل قبيح للجدال الدائر حول المائدة: الصمت. تألَّمت الأرواح وما استطاعت أن تفتح موضوعًا جميلًا.

خرجت من غرفة الجلوس مبكرًا واستلقيت على سريري. لم أستطع النوم، إذ زادت آلامي، لكنني أحببتُ تلك الليلة اضطرابَ ذلك العضو في جسمي اضطرابًا بريئًا بسيطًا إذ قارنته بعذاب روحي.

الغد الرهيب

ما عدنا نتكلم حتى كلمة.

اضطُرِرنا للبقاء بضع ليال بعد أن أصرَّت خالتي على أمي.

لكن كل شيء تغيَّر، كنتُ ونزهة كالمتخاصِمَين بعد ليلة الجدال، فما عدنا نجلس عند المسبح في الليل، ولا نذهب إلى الحديقة لرش الكبريت في النهار. ولا كنتُ أقرأ للباشا من الرواية التي وصلنا إلى وسطها.

ما كنتُ أشعر بالحيوية، ولا برغبة في الطعام. وساءت جِراحي، واشتدت آلامي. ولم يُخفِ الصيدلي نظراته المتشائمة عني وهو يضمِّد ركبتي. وكان لوني يشحب.

كان مجيء أمي الذي أجبرني على البقاء في القصر بضعة أيام بدايةَ هذه المصائب جميعها. كانت هذه المرأة التي لا تدري بالمأساة الروحية التي تدور في أعماق هذا القصر تُثني على الطبيب راغب في كل فرصة أمام خالتي.

وشرعتُ أتلقى إشارات سيئة من داخلي عن مستقبلي. وحلَّت الكآبة بي، أحد الآلام المتجذرة التي تُسكِتُني كان يُبعدني عن نفسي، ويحمل روحي إلى جزر نائية تجهل خرائطها، ويجرني إلى خارج حدود ذاتي.

كنت في يوم من الأيام أجلس في الشرفة وأنظر إلى البساتين في وقت الظهيرة من حزيران. كانت أرنكوي تحترق، تتعرق. جعلتُ ركبتَيَّ تحت أشعة الشمس. (كما أوصاني طبيبي).

أرى ابتعاد الربيع في الطبيعة التي فقدت خضرتها وحيويتها.

لم يكن البستاني الذي كنتُ أغبطه دائمًا يشعر بتعب أو نصب من إصراره على الوقوف في نقطة واحدة، كان يعلِّمني بسعيه الدؤوب حبَّ العمل في الحديقة. ما كنت أجهل أننا نشتاق إلى الطبيعة في كل مرة تُغلَب فيها مطامعنا البشرية، وأننا حينما نستمد منها قليلًا من القوة نبادر إلى صراع جديد كرَّة أخرى، وما كنتُ أرى في الطبيعة علاجًا مؤقَّتًا مثل الإسبرين، وكان ذلك سببًا من الأسباب الداعية لبلوغ يأسي أقصى درجاته.

سمعتُ صوت نزهة خلفي:

- هل أنتَ هنا؟
- أظن ذلك.

لم تضحك. ربما منعها من ذلك نبرة صوتي. اقتربَتْ ووضعَتْ يدها على ظهر الكرسي الذي كنتُ أجلس عليه. وصرنا نتكلم من غير أن يرى أحدنا الآخر، قالت:

- مللتُ أرنكوي.

لو كنتُ صادقًا، لبدأتُ كلامي بالجملة نفسها، فقلتُ:

- وأنا أيضًا.
- حتى البعوض فيها متشابه. أرى أن الأيام والليالي هنا سواء.
- متشابه كثيرًا.

أكانت شكوى نزهة من الرتابة بدايةَ يقظة رغباتها؟ أم تعبها من الفراغ الذي أوجده تخاصمنا لبضعة أيام في روح فتاة؟ إن هذه المخاصمات التي تحثني دائمًا على الكفاح الداخلي قد ينتج عنها سأم وضجر لدى أصحاب الطبائع التي لا يروق لها أن تكدح بنفسها مثل نزهة.

سألتُها إلى أين كانت تريد أن تذهب خارج أرنكوي لو كانت لها حرية الاختيار. فأجابتني بجواب عزَّزَ من توقعي الأول:

- لو كانت لي حرية الاختيار، لذهبت إلى برلين.

جواب مهم. نزهة تتغير. وعدُ الطبيب راغب. رغبات جديدة لدى نزهة... فسألتها:

- لماذا لا تختارين مكانًا غير برلين؟

ضحكَتْ من غرابة ما ستقول قبل أن تجيب:

- لأنني لا أفهم في الجغرافيا. برلين أول مدينة خطرت على بالي.

أخبرتها أنها تستطيع أن تذهب إلى برلين، ففهمَتْ ما أشير إليه، وصمتَتْ. ربما فتحت هذا الموضوع لتضربني هذه الضربة. لقد أصابت هدفها.

وظلَّت صامتة. صمتٌ طويلٌ. مرَّت الدقائق. كنَّا نتباعد قليلًا في كل لحظة تمر. إذا تحدثنا، فإن حديثنا لن ينفعنا إلا في أن يُشعِر كل واحد منا الآخر بتباعدنا. لذلك صمتنا. ما كانت لديها رغبة في قطع هذه المسافة الطويلة والوصول إليَّ، وما كانت لدي الرغبة في ذلك. كان الوقت يمر في هذا الصمت كعدو بيننا.

قطفت نزهة من أوراق النباتات المتسلقة على سور الشرفة، ثم نادت البستاني، فاستقام ونظر إلى ما حوله. كانت تهجم على الصمت بيننا بحركاتها.

أما أنا فما كنتُ في حالة أستطيع فيها أن أتحرك. كان دمي يبرد، ويسري في أوردتي الدقيقة هواء مخدِّر، فتنام عضلاتي كلها. كنتُ أشعر بتشتت طاقة كبيرة في داخلي.

لقد انتهى كل شيء بيننا حتى ما عدنا نستطيع أن ننطق حتى بكلمة.

خرجَتْ من الشرفة وذهبت.

كنتُ أستمع إلى وقع قدمَيها وهي تبتعد. النهاية. صوت قطار. صوت حاد أليم. اللحظة التي طويتُ فيها صفحة كبيرة من حياتي، وخطوتُ الخطوةَ الأولى لغدي الرهيب. أدركُ الثانية التي تبدأ فيها مصائبي، ولا أُخدَع أبدًا.

خطر

بدأت المصيبة في تلك الليلة.

وصلنا إلى بيتنا، وبدأت المصيبة في تلك الليلة. ألم شديد لا يدع المرءَ ينام. أتقلَّب ألمًا. أيقظتُ أمي بعد منتصف الليل. الضمادات الحارة (لا تنفع). إفرازات مخيفة. الأربطة لا تَحتمِل. أشعر بضعف لا مثيل له بعد بضع ساعات، ويذبل خدَّاي، ويصفرُّ لوني.

أصبحتُ بعد معاناة قاسية، ودعوت صديقي في الحي. ركبنا سيارة فورًا. الجسر والباخرة. لا أستطيع رؤية شيء حولي من قمرة الباخرة، ولا الحديث مع صديقي، ألقي بجسمي فوق موضع ألمي، وتكاد أظافري تمزِّق راحة يدي. وجدنا طبيبنا في الكلية، فدُهِشَ حين رآني على تلك الحالة. فقَدَ ضبط نفسه وراح يدخل الغرفة ويخرج منها بدون سبب. أخبرنا أن الجرَّاح في الدرس وأنه علينا أن ننتظر.

يكاد يُغمَى عليَّ. سارع المساعدون الآخرون. أشربوني الماء وفيه بضع قطرات من (الإيثر).

قال الطبيب مدحت لصديق له:

- لنحمل المريض إلى العيادة في قسم الجراحة الثاني. نفتح الجرح ريثما يأتي الجرَّاح... لكنه لن يستطيع المشي. نريد نقَّالة.

حملوني على نقالة. ومررنا بالحديقة. كان الطبيب وصديقي عند رأسي يسألانني:

- هل أنت مرتاح؟ هل يؤلمك شيء؟

مددوني على سرير في العيادة. وأغمضت عيني وأنا مخدَّر تخديرًا يشبه النوم والإغماء. ازداد الألم. آلام عميقة ما عدتُ أدري في أي نقطة من رِجلي تكمن. طنين في أذنيَّ.

أصوات معهودة في ظلمات سمعي. الأصوات الدقيقة المتقطعة التي تُصدِرها الأدوات المعدنية داخل الزجاج والصواني. يتحدث مَن حولي بأحاديث مضطربة مهمة.

أكاد لا أسمع صوت حلِّ الأربطة.

أمسك السيد مدحت يدي وقال:

- سنضمِّدك ضمادًا جيدًا الآن، لن نؤلمك. نضع الدواء فيخف الألم.

الجميع مشغول بي. تطوف الممرضات حولي بقمصانهن البيضاء. يتحدث أحد المساعدين بالفرنسية ظانًّا أنني لا أفهم ما يقول، ويشرح للآخرين أن الورم الأبيض قد يسبِّب بنزفه الكثير مرضَ السل. فأشار إليه السيد مدحت أن يسكت.

لم أشعر أنهم أزالوا الضماد عن ركبتي إلا حين لمستها إصبع. فقدَ الجلدُ إحساسه.

انحنى المساعدون جميعًا فوق ركبتي، وراحت تصدر منهم همسات لا تدل إلا على سوء الحال.

خفَّ الألم، لكنه كان يعود بحركة من المفصل.

اعتدل المساعدون فجأة، إذ دخلَ الجرَّاح، فرآني لكنه لم ينطق بأي كلمة، بل ذهب نحو الصنبور وغسلَ يدَيه.

اقترب من سريري، ونظر إلى ركبتي من بعيد وعبسَ. شرحَ المساعدون له كيف وجدوني حين وصلت، وآلامي في الليل، وشدة الإفرازات التي كادت تصل إلى سروالي، وكيف حملوني على النقالة.

ظلَّ الجرَّاح ينظر إلى الجرح من غير أن يأتي بأي حركة، ربما كان يفكر ولا يرى شيئًا أمامه.

قال كلمة:

- سيئ.

ثم نظر إليَّ وقال:

- لم تكن هكذا المرة الماضية. لم تنصت لكلامي، فانظرْ ما حدث! إنكَ تُصعِّب الأمور. أخبرتك ألا تضع هذه الرِّجل على الأرض، لكنك عاندتَ وأفسدتها، وكأنك دخلت في مسابقة جري. ليست ركبتك الآن في خطر وحدها، بل رِجلك كلها.

فلمَّا سمعَ تأوُّهًا مني، واساني بقوله:

- لكننا سنحاول...

ثم التفتَ إلى المساعدين وقال:

- أنهُوا التضميد. ثم ليأخذوه إلى الأشعة... أخبروا الطبيب أنني مَن أرسلَه، الأمر مهم، نريد صورة إشعاعية دقيقة...

وقال للسيد مدحت:

- أهوَ قريبك؟

- هو مثل قريبي.

- لا بد من الانتباه جيدًا يا عزيزي... إنك ترى الخراجات. أمر مخيف في الجراحة... لا بد من تصوير بالأشعة... أعطوه عكَّازًا من مستودعنا... يجب ألا تلمس هذه الرجلُ الأرض إلى أن تحضروا عكازًا جديدًا. الاستراحة ضرورية. تضميدٌ بضع مرات كل يوم. لا بد من تقوية الجسم. المريض ضعيف جدًّا. إذا لم يفعل ما قلت، فلن أستطيع أن أعالجه. سنحاول حينها عبثًا.

أتَوا بالعكاز أولًا، فلم أستطع أن أُحسِنَ استعماله، فعلَّموني. كان رأسي يدور حين خطوت أولى خطواتي بالعكاز. ساعدَني صديقي من جهة، والسيد مدحت من الجهة الأخرى.

كانت غرفة التصوير الإشعاعي مزدحمة، غير أن السيد مدحت قدَّمني على الجميع، فصوَّروا سبع صور إشعاعية أو ثمانٍ.

بدت الحيرة والدهشة واضحةً على صديقي الذي جاء معي إلى المستشفى لأول مرة، مع أننا كنا نقضي أوقاتنا معًا كل يوم تقريبًا. لم يكن يتحدث بشيء.

كان الجميع في الممر ينظر إليَّ لا سيما الطلبة، حتى إن السيد مدحت شرحَ الأمرَ لمَن أثارت حالتي فضوله.

خرجنا إلى الحديقة وجلسنا قليلًا. كان صديقي يسأل الطبيب أسئلة كثيرة عن مرضي.

تحسَّن مزاجي قليلًا، وكانت ابتسامتي الأولى في الحديقة، ففرح صديقي والطبيب برؤيتها، وفهمتُ من ذلك أنهما عاشا معي آلامي فواسياني. لكن فرحة الطبيب زالت سريعًا. بدا عليه أنه يفكِّر كثيرًا. وكانت المخاوف تكبر في داخلي، وصرت أسأل الطبيب أسئلة تطمئنني، لكنني ما لقيتُ منه إلا وعودًا لا تُطمئن.

دستور

«الأمل قليلًا والكسب كثيرًا».

أقبلَ الناس فجأة إلى بيتنا.

كان الأصدقاء والجيران والأقارب يغدون ويروحون. استلقيت على الفراش، وصرت أكرِّر الأجوبة التي حفظتها للأسئلة المتوقعة لكل زائر وسائل.

كان الاهتمام الاجتماعي باضطراب فرد من أفراد المجتمع يواسيني.

وكانت امرأة ترعى المرضى في مستشفى عسكري كبير مِن بين الذين يزوروننا كل يوم، كانت تضمِّد جرحي، وتحضِر من المستشفى الأشياءَ التي ارتفع سعرها بسبب الحرب مثل القطن والشاش.

أخذتني يومًا إلى ذلك المستشفى الذي تعمل فيه، وعرضتني على جرَّاح ألماني. نظرَ هذا الألماني إلى ركبتي على عجل في عيادة مظلمة، وشخَّصَ مرضي تشخيصًا خاطئًا. وفي المستشفى نفسه رأى طبيب تركي شاب ركبتي واهتم بمرضي، وأخبرني أنه يستطيع أن يعالجني بعلاج لا يوجد في تركيا، وذلك بحقنه في المفصل. صدَّقتُ هذا الطبيب لعشرين يومًا، وكان يُغشَى عليَّ وأنا أحاول الصبر على حقن العلاج عبر أنابيب حديدية تُوضَع في مفصلي.

كان الأقارب والأصدقاء يأخذونني كل يوم إلى أكبر الجرَّاحين، إلا أن هؤلاء المختصِّين بالجراحة رأوني أكثر من مرة خلال السنوات السبع الأخيرة، وكانوا جميعًا يقولون لي حائرين:

- ماذا أصاب هذه الركبة؟

كنتُ أفهم من اضطراب مَن حولي وقلقهم أن ثمة خطرًا في مرضي لا يخبرونني به.
حتى إن رجلًا ذكيًّا متعلِّمًا من أقاربي قال لي:
- إذا كنتَ تريد أن ترتاح معنويًّا من هذا المرض، فضع في الحسبان كل مصيبة حتى قطع رِجلك بالتمام. فسترضى حينئذ بما تنقذه من رِجلك.
وحاول أن يقنعني بسفسطة غوته: «سرُّ الحياة قلةُ الأمل وكثرة الكسب».
- هل تحاول أن تجهِّزني لمصيبة معنوية كبيرة؟ هل تعرف شيئًا؟
فأجابني بإنكار ضعيف زادَ من شبهتي:
- كلا... لا... أنا أعطيك دستورًا رياضيًّا كي تسيطر على حالتك النفسية.
- هل هناك احتمال لقطع رِجلي بالكامل.
- كل شيء ممكن. ليست ركبتكَ فقط، بل حتى ركبتي قد تُقطَع اليوم أو غدًا في أي حادث.
لكنني ما كنتُ أستطيع أن أجد المواساة في مثل هذه الألاعيب المنطقية، فقد فتحتُ عينيَّ على هذا العالَم بدروس مرضي المؤلمة.
كنت أقضي أيامي في قلق وأحاول أن أقوِّي جسمي استعدادًا للعملية الجراحية.

الحالة الثالثة

حرارة مركبة من الأمل والعشق والكسل.

شبه ظلام في داخله ألم عظام خفيف مثل الدخان. شبه شعور. خيالات كلها حقيقية وكلها عبثية تتعاقب وتجمَعُها علاقة سطحية. حالةٌ تهز الحجاب الفاصل بين النوم والصحو هزًّا بلا انقطاع، وتذيب نصف روحي في الأحلام، وتجعل النصف الآخر يلمس الحقيقة.

أشعة غريبة تلامس جفنَيَّ، رجل يغوص في البحر في ليلة مقمرة، وأصوات عجيبة تملأ أذنَيه... وبين ذلك كله ظهور نزهة بألف شكل.

جمل منتظمة دقيقة يمكن تذكرها بسهولة وحتى كتابتها على ورقة، لكن قائليها وسامعيها مجهولون، وتارة جمل تتطاير معانيها من بين كلماتها كأن الرياح تذروها.

تأخذ رائحة نزهة وصوتها شكلًا بشريًّا مع أنها ليست أمامي، وصراع مع أشياء مجهولة، وارتفاع وهبوط في هاويات لا شكل لها. تحققُ بعض الرغبات. في بستانٍ نباتاته عالية علو أشجار السرو ألقى نزهة تحت الظلال الخضراء الداكنة، ثم أسمع صوت نزهة لكنه ليس من خارج أذني بل من داخله:

- متى ستذهبين إلى برلين يا نزهة؟
- في ساعة متأخرة من هذه الليلة. لأنني إنْ لم أذهب الليلة، فلن يكون هناك قطار ينطلق إلى برلين لست سنوات.

ثم أشياء متفرقة من الحياة، لا علاقة بينها: أدوات المستشفى، والنقالات، ومجرفة البستاني، وبوق، وعينا صديقي المندهشتَان؛ تكبر إحدى عيناه حتى

تستحيل إلى كأس من ماء... منشار فوق عظم، صرخة، أصوات زجاج، ضجيج كأن جماعة من الناس تكرر جملة مألوفة.

وبين ذلك كله ألم عظام خفيف كالدخان تارة، ثم يشتد وينتشر ويقسو قساوة جسم دائري تارة أخرى.

والعجيب أنني حسبتني أنام في غرفة في أرنكوي مع أني كنتُ واثقًا أنني فتحت عيني واستيقظت. ها هي الخزانة قرب رأسي، والشمعدان. هأنذا أرى باب الغرفة رؤية صريحة.

ولديَّ ذكاء أستطيع به أن أشتبه إن كنتُ في حلم أم لا، حتى أنني جرَّبتُ حواسي الخمسة بهذه الشبهة: فتحتُ عيني وأغمضتهما (الغرفة نفسها). أصغيت السمع (كانت أرنكوي تهمس). لمستُ لِحافي، وبلعتُ ريقي، وشممتُ.

فُتِحَ الباب، فجاءت نزهة. كانت تبكي، طمأنتني. لكنني اشتبهتُ.

غير أن يدًا لمسَت كتفي، ففتحتُ عيني فوجدتني في غرفتي في بيتي، وأمامي الطبيب مدحت. ظننتُ أنني في حلم، وما صدَّقت الحقيقة، فأغمضت عيني لأجدني في قصر أرنكوي. لكن نزهة ليست فيه.

أحدهم هزني من كتفي، وقال في أذني:

- أنا، أنا مدحت...

فتحتُ عيني فرأيتني في بيتي فأصابني الهم، وتذكرت مصائبي كلها لا سيما حين رأيت الطبيب مدحت. لم أستطع أن أخفي حزني، بدا الطبيب مستاءً مما ظهر عليَّ.

- قمْ! علينا ألا نفوِّت باخرة الساعة التاسعة، وإلا فلن ندرك الجرَّاح. هذا اليوم أفضل يوم. لن يكون هناك ازدحام عنده. سيعاينك معاينة جيدة.

ما رغبتُ في أن أتحرك. كانت حرارة سريري تشدُّ جسمي كأنها مركَّبة من أمل وعشق وكسل.

نظر الطبيب إلى الساعة في يده.
وراح يدور بعصبية مُبالَغ فيها كي يُشعِرني باضطرابه، ثم خرج بعد أن فهم أنني رضيت أن أقوم.
قمتُ.
يوم ماطر.
وبرقية مغلَّفة من لاوعيي، أخاف أن أفتحها، وأفكر كيف سيكون يومي. يجعلني ألم ركبتي في خضم تلك اللحظة.

أشعار

صمت ورجفة...

تعبتُ كثيرًا حين ذهبت إلى حيدر باشا، إذ انتقلنا من السيارة إلى الباخرة، ثم من الباخرة إلى السيارة. آلمَتني رجِلي أشد الألم. ولم نجد الجرَّاح في الكلية. كان علينا أن ننتظره إلى أن يأتي. احتشد المرضى أمام عيادة قسم الجراحة الثاني، ولم نجد مكانًا نجلس فيه.

خرجنا إلى الحديقة، وجلستُ على ألواح خشبية قرب جدار. تركني السيد مدحت وحيدًا لمدة لأنه كان مشغولًا بأمر في الكلية.

كنتُ يائسًا واهنًا. أشعر بدوار في رأسي وصعوبة في فتح عيني. لكنني كنتُ أمعن النظر في البوابة الكبيرة، وأنتظر بصبر مجيء الجرَّاح.

لم يكن السيد مدحت بجانبي.

بدأ جسمي كله يرتجف. كنتُ أظن أنه سيُغشَى عليَّ فوق هذه الألواح الخشبية إذا تمددتُ واسترحت.

دخل ثلاثة رجال من البوابة الكبيرة، كانوا يمشون وهم يتكلمون. شبَّهتُ الذي في وسطهم بالجرَّاح فقمْت. وقفتُ مرتجفًا في طريقهم. كنتُ أستصعب رؤيتهم. مددتُ العلبة التي فيها صور الأشعة وقلت بصوت خافت لا يكاد يُسمع:

- نتائج التصوير جاهزة! أتيتُ.

نظر الثلاثة إليَّ بِحيرة، وقال أوسطهم:

- نتائج تصوير ماذا؟
- نتائج التصوير الإشعاعي.

- أظن أنك مخطئ، أنا...

أدركتُ حينها أنه ليس الجرَّاح.

فتراجعت على استحياء شديد، ومشيت إلى جدار المستودع، واستندت إلى الحجارة. ابتعد الرجال الثلاثة وهم ينظرون إليَّ.

كنت أرتجف، وأقبض على يديَّ وأعض على شفتيَّ كي لا يُغشَى عليَّ، وأحاول أن تدب الحياة فيَّ.

بدت أمامي ساحة مظلمة وراء الوادي الصغير. أشجار السرو، إنها مقبرة حيدر باشا.

كانت عيناي تنحرفان أحيانًا إلى تلك المقبرة التي تتموضع هناك بوصفها جزءًا من الطبيعة التي لم تستطع أن تنجو من ظلام الليل، تقف هناك مظلمة باهتة وسط محيط ملوَّن بأشعة الصباح، كانت فرائصي ترتعد حين أربط من غير إرادتي بين المقبرة ومغامرتي المؤلمة.

كان عقلي يستسيغ في تلك الأيام بعضًا من شعر فِكرت، كانت تلك الأشعار في لحظات يأسي تتداعى إلى ذهني من غير إرادتي. وكان تسلطها لأنها وجدت في باطني أساسًا روحيًا مليئًا بالاضطرابات الحقيقية، لا لشاعرية مراهق لم تكتمل.

دبَّت الحياة في تلك الأشعار داخلي وراحت تقول:

صمت ورجفة في هذه الأودية المظلمة الخفية.

في كل خطوة فيها حفرة مشبوهة وكمين.

صمت ورجفة... تتآلف الظلال الحية.

هياج حوله كمحشر لكنه جاهل مستكين.

رجعتُ لأجلس على الألواح الخشبية. كنت أشعر بخوف وخجل ولا أنظر إلى البوابة الكبيرة. وجعلتُ رأسي بين يديَّ.

ما عدتُ أضبط نفسي وصرتُ كمَن ترك نفسه لماء البحر فما عاد يتحرك إذ أيقنَ أنه غارق بين أمواج البحر لا محالة، وصار يستعجل المصيبة. لم يبقَ لي ملاذ روحي إلا الراحة بقطع الأمل من كل شيء.

ما عدتُ أتوقع ولا أنتظر شيئًا.

صمت ورجفة في هذه الأودية المظلمة الخفية.

في كل خطوة فيها...

قال السيد مدحت:

- ماذا أصابك؟

حينما رفعتُ رأسي، رأيته واقفًا أمامي بحزن شديد.

- انتظرتني طويلًا. تعبتَ كثيرًا. هيَّا قمْ، قمْ لندخل.

دخلنا جناح قسم الجراح، وكان عدد المرضى أقل أمام العيادة. أتاني الطبيب بكرسي وماء.

كان قد أتى الجرَّاح ودخل غرفة العمليات في الأعلى.

قال السيد مدحت لموظف الخدمة:

- المسكين... ذلك الشاب من دار المعلمين... يقطعون رِجله.

فكانت هذه المصادفة العجيبة كالطامة عليَّ. وكان السيد مدحت ضعيفًا غير قادر على إزالة تأثير هذا الخبر في أحاسيسي.

انتظرنا طويلًا.

حينما أخبرونا أن العملية قد انتهت، صعد السيد مدحت إلى الأعلى أولًا، وقابل الجرَّاح، ثم عاد إليَّ وقال:

- هيَّا نصعد إلى الأعلى، سيعاينك في الغرفة.

لم أستطع أن أصعد أكثر من درجتَين، فساعدني السيد مدحت وموظف الخدمة. وجلسنا على المقعد أمام غرفة العمليات.

كان باب غرفة العمليات مفتوحًا على مصراعَيه، وقرب عتبته كرسي متحرك. رأيت طالبَ دار المعلمين على الكرسي مغشيًّا عليه ووجهه شديد البياض. كان قد فقد رِجله كاملة، وكان يجهل هذه المصيبة التي حلَّت عليه.

بلاغ بالمصيبة

القرار الأخير.

دخلنا غرفة العمليات.

رائحة ثقيلة ناتجة عن كثرة استعمال مواد كيميائية شتى، وحرارة كريهة تكاد تلتصق بالجلد.

القطن المشبع بالدماء على الأرض، وأشياء أخرى متناثرة.

بدت الدهشة على وجوه الجميع ما عدا الجرَّاح، الممرضين والممرضات والمعاونين والمعاونات، دهشة الفاجعة التي شاركوا فيها قبل قليل.

أجلسوني على كرسي، وأعطيتُ نتائج التصوير للجرَّاح. لم تكن عندي طاقة لأخلع ثوبي، فخلعوه، وبدؤوا بحلِّ الرباط. ما زلت أشعر بآلام حادة.

وضع الجرَّاح نتائج التصوير أمام أشعة الضوء وصار يدقِّق فيها.

كان يهمهم وينطق بأصوات تبعث الحزن في النفس مثل: «أف، أف»، «أوووه، أوووه».

حينما حلُّوا الرباط، رفعَ الرباط والقطن بكمَّاشة، ونظر إلى ركبتي ثم انحنى ليرى الجِراح. ثم استقام قبل أن تمضي ثانية. وراحت عيناه تنقِّلان النظر في وجهي وفي جسمي إلى أن استقرتا في عيني.

كان ينظر إلى حدقة عيني، ولا ينطق ببنت شفة. بدأت أرتجف بشدة. كنتُ أفهم أنه يخبرني بعينَيه أولًا بكارثية ما سيقوله.

سألني بصوت خشن:

- منذ كم سنة تعاني؟

- سبع.

نظر إلى وجه السيد مدحت ومَن حوله. كنتُ أشعر بشيء مخيف في عينَيه. سألني:

- ألَمْ تمل من هذا المرض العضال؟

فنظرتُ إلى وجهه بِحيرة لأنني لم أجد أي معنى لسؤاله، فأكمل كلامه:

- إنك تتدهور. أخشى أن حياتك كلها في خطر... علينا أن ننهي هذا المرض. عليكَ أن تضحي بهذه الرِّجل كلها، لا حل آخر.

تغيَّرت تعابير وجهي تغيرًا جعله يكمل كلامه مضطربًا:

- حينما تنتهي الحرب، تضع رِجلًا اصطناعية، وترتاح...

لم أستطع أن أسمع أكثر.

وقعتُ بين ذراعَي الواقف ورائي.

حينما فقتُ على رائحة (الإيثر) الشديدة، وجدت نفسي ممدَّدًا على طاولة العمليات.

كان السيد مدحت يمسح جبيني بمنديل مبلل.

أغمضت عيني كي لا أرى غرفة العمليات. كانوا يلفون ركبتي.

نزلت من الطاولة بعد أن أنهوا تضميدي، وخرجت كأني أركض بقوة جديدة تسللت إلى داخلي كي أهرب من هذا المكان.

فقال السيد مدحت:

- انتبه! هذه العصبية لا تصلح لك! إنك ولد قوي.

مشيت سريعًا حتى الحديقة.

وضربت أشعة شمس الظهيرة وجهي، فاحترقت عينَاي كأنما ماء البصل قد أصابهما، فصرت أحاول أن أغمضهما.

أخذني السيد مدحت إلى غرفته كي أستريح. فقلت:

- أريد سيارة! لا أستطيع أن أبقى هنا أكثر.

وبلعتُ ريقي كي أضبط شهقاتي التي سدَّت بلعومي.

غليان

موتها أشد رعبًا من موتي.

صارت الجماعة من الناس القليلة الحساسة التي تحيط بي في حالة غليان في الأيام الأخيرة؛ دموع أمي، وزيارات أبعد أصدقائي. الآمال، وقلق أقاربي (لكن أقاربي في أرنكوي كانوا يجهلون المصيبة، وما كنتُ أريد أن يعلموا شيئًا). رسائل من جزر إسطنبول ومضيقها. كلٌّ يوصي بشيء ويوجِّهني إلى جرَّاح مختص. واهتمام الطبيب مدحت بوضعي، ومراجعته كثيرًا من الجرَّاحين.

وحتى أريكتنا في حالة غليان. كل يوم يجلس عليها أحدهم ثم يقوم، والكراسي أيضًا تتنقل من مكان إلى آخر.

أنام على ظهري فوق الفراش، وأنسى نفسي وأنا أراقب قلق مَن حولي، حتى أنني أجد نفسي في بعض الأحايين أهدأَ الجميع، غير أن هذا الحشد من الناس حين يتفرَّق وأبقى وحيدًا مع مصيبتي، أرتعب. لا أستطيع أن أحتمل لثانية واحدة تخيلَ أنني سأفقد عضوًا كبيرًا من جسمي، أشعر كأنه سيُغشَى عليَّ. أمسكُ بيديَّ رِجلي المريضة، فأجد أن موتها أشد رعبًا من موتي.

أنظرُ إلى عضوي المحكوم عليه بالموت لدقائق حين أبدِّل ثيابي، وأُضمَّد، وأستلقي على الفراش. يجعلني كل جزء في هذا العضو وكل حركة وكل شكل جديد يتخذه أفكِّر تفكيرًا عميقًا. تنبعث الحياة فيه، ويغدو ذا شأن، ويتجسَّد في شخصية، ويصمت بين الأعضاء الأخرى قلقًا ساكنًا كأنما هو أخوها المحكوم عليه بالإعدام. لماذا عانى صنوف العذاب لسنوات إنْ كان سيرفع رايات الاستسلام أمام سكين الجلَّاد؟ لماذا بكيَ الدم؟

لا أستطيع تخيله تحت أسنان المنشار؛ ترتعد فرائصي من مشية الفولاذ الحاد فوق عظم ثخين، من صوت تلك المشية.

لكن هذه الصورة المرعبة التي كنت دائمًا أتحاشى تخيلها كانت تتسلط على ذهني حين لا أودها. ما عدتُ أستطيع النظر إلى قطع الخبز بالسكين في البيت.

وكان مما يرعبني التفكير بحالي بعد العملية. لا أستطيع أن أفهم كيف سأتحمل الشعور بالفراغ الذي سيتركه عضو كبير من أعضاء جسمي. حينما تُسحَبُ سِنٌّ من الأسنان يشعر الإنسان بفراغ أكبر من فراغ فمه، فكيف أعتادُ على الهاوية التي تبقى في مكان العضو المبتور؟

عندما أقرأ أعداد الجرحى في أخبار الحرب، أفكر بآلاف الناس الذين تشبه مغامراتهم الدامية مغامراتي. غير أن ذلك لا يواسيني، بل إنني أفضل أن يُقطَع عضوي المريض بقذيفة مدفع على أن يُقطَع في المستشفى.

لم تكن صورة نزهة تفارق أفكاري هذه ثانية واحدة، كنتُ أرى نفسي أمام نزهة بعد العملية، فأُبعِد هذه الأفكار عن ذهني أو أقوم من مكاني، أو أتأوَّه، أو أنادي أحدهم قبل أن أوفَّق في تحليل أحاسيسها لدى رؤيتي، فأنجو بذلك من هذا الخيال. لكن صورتها كانت تطاردني، فتأتي إلى أشد الأماكن ازدحامًا في روحي، فتُبعِد الأكوام هناك لتطغى على شعوري، وأقوم من نومي متعرقًا. كنت أحيانًا أرى نظرات الرحمة تصرخ بي في عيون مَن يدركون كم أتعذب.

كم تبدلت العيون التي صارت تنظر إليَّ بعد القرار المفجع! أرى في تلك العيون انعكاسات روحي، جميعها تنظر إلى أعماق باطني، كأن كل واحدة منها مرآة صغيرة تعكس داخلي وتخفي وراءها أسرارًا عظيمة.

عيون أرادت أن تستوعب ما حُكِمتُ به، فراحت تحت الحواجب تجحظ وتكبر وتثبت وتحدق في وجهي فلا تعرض عنه.

وعيون تتطابق مع عيني انطباقًا تامًّا، فإذا أغمضت عينيَّ أو فتحتهما أو كبرتا أو صغرتا، وجدتُ الفعل نفسه في أعينهم، فيقلِّدون حتى انقباض عضلات عينيَّ وانبساطهما.

لدي فضول في رؤية عينَيْ نزهة (لكنني لا أريد أن تعرف بخبري). مَن يدري كيف سأنظر بدقة في تلك العينَين التي أتخيَّل أنها ستمتص مصائبي كامتصاص الورق النشّاف للحبر (لكنني لا أستطيع أن أحتمل النظر إلى عينيها، ولا أريدها أن تعرف). كم أريد أن أرى عينَيها وهي تدمعان! إن عينَيَّ لتدمعان حين أتخيل هذا المشهد.

في مستشفى الأطفال

تهديد الطبيعة.

لم أكن وحدي هذه المرة حين دخلت من البوابة الحديدية إلى الحديقة، ومشيت نحو جناح قسم الجراحة التاسع غابطًا حتى صحة الأشجار، ودخلتُ ذلك الممر بين ومضات الأبواب الزجاجية التي تضرب عينَيَّ فأرى بياضًا عجيبًا، وتختلط تلك الومضات بالخوف في داخلي.

كان معي السيد مدحت وصديقي. لم ننتظر أمام العيادة هذه المرة، بل ذهبنا إلى غرفة الجرَّاح فورًا.

جلستُ على الكرسي. كان الجرَّاح سيخرج من العملية ثم يأتي. الأمل الأخير. كان هو الوحيد الذي لم يرَ حالة رِجلي الأخيرة.

لكن أملي كان ضعيفًا جدًّا.

كان السيد مدحت وصديقي صامتَين.

كنتُ أنظر إلى هذه الغرفة التي أمضيتُ فيها أكثر أوقات مرضي الذي دام سبع سنوات والتي أجد في هوائها أشياء كثيرة تخصني. كم مرة جلست على هذا الكرسي واسترحت!

جلستُ على هذا الكرسي قبل سنتَين بعد عملية جراحية صغيرة، كان الجرَّاح يكتب شيئًا في الدفتر على هذه الطاولة التي كانت في هذا الموضع بالضبط، وكان يمازحني بقوله:

- من أين أتيت بهذه القوة؟ ستلعب كرة القدم حين تتحسن رِجلك! لكن من الأفضل ألا تلعب. لا تتعِب رِجلك هذه حتى لو عُوفيتَ تمامًا!

- أنا لا أحب كرة القدم.
- هممم... إنك تحب قراءة الروايات. لكن لا تقرأ، لأن الانفعالات ليست لصالحك. انتبه إلى أعصابك. عليك أن تنشغل بالأعمال اليدوية.

لم يعجبني ذلك الجرَّاح يومئذ بسبب توصياته هذه، كنتُ أغضبُ حتى على الأطباء الذين يحذرونني مما لا يوافق طبعي، كنتُ أرى فيهم العيبَ نفسه: كانوا لا يهتمون بنفسية المريض أثناء علاجه.

ليتني لعبت كرة القدم، ربما ما كانت لتُتعِب رجلي كما فعل عشق نزهة.

دخل الجرَّاح.

وما إن رآني حتى توقف وقال:
- ما بِكَ؟ ماذا حدث؟

وصار ينظر إلى مَن حوله كأنه يسألهم السؤال نفسه، ثم اتجه إليَّ وقال:
- ماذا أصابك؟ ما هذا الضعف؟

فنظرتُ إلى السيد مدحت كأنني وكَّلته بالإجابة.

فشرحَ له كل شيء. كان الجرَّاح ينظر إلى وجهي من حين لآخر وهو يستمع إلى السيد مدحت. ثم قال في حيرة:
- قمْ! ادخلْ حتى نرى...

كان يراقب قومتي ومشيتي.

نظر إلى نتائج تصوير الأشعة وإلى ركبتي نصف ساعة تقريبًا في غرفة المعاينة، ثم زفرَ زفرةً، ولم ينطق بأي كلمة حتى أنهى تنظيف يديه. ثم وقف أمامنا ووضعَ ذراعًا فوق ذراع، وقطَّب حاجبَيه، وجمع قِواه التي كادت تتفرق. كنتُ أخمِّن ما سيقول من اضطراب الأمل.

أومأ برأسه والتفتَ إلى الطبيب مدحت وقال:

- صديقي العزيز، قرارهم صائب. إنك ترى الركبة والنتائج. السمحاق تالف، والمفصل تالف. التهاب العظم والنقي. كل شيء موجود. ماذا أكحت؟ هذه الإفرازات مخيفة. انظرْ إلى حال المريض... إنك تعلم بكتريا باسلس الملعونة هذه.

نظر الجرَّاح إلى وجهي، وقال:

- لكن البتر برأيي ليس من عمل الطب، فهذا الفعل يستطيع الجزَّار أن يقوم به، فيطيِّر عضوًا بضربة من فأسه. نحن نمسح قليلًا من صبغة اليود ونُنوِّم المريض بقليل من الكلوروفورم. هذا هو الفرق بيننا وبينهم. الطبابة أن ننقذ هذه الرِّجل وشبابه. قلْ له: إذا بقي في هذا المستشفى لشهور، واحتمل ثلاثًا أو خمسًا من العمليات الجراحية، فسنحاول أن ننقذه، وإلا...

فصرخت:

- أحتمِل!

فقال:

- حسنًا، لا مشكلة. غدًا ستكون لدينا غرفة فارغة في قسم الجراحة التاسع، فليأتِ إلينا.

فقال السيد مدحت:

- قلْ له! إنه ينظر إليَّ بشيء من الريبة.

فحرَّكَ الجرَّاح رأسه مهددًا وقال:

- سيأتي هذه المرة! إذا لم يعبأ بتحذيري، فإن الطبيعة لا الطب مَن سيهدِّده مباشرةً. المريض يفهم بهذه اللغة أفضل. لو أنصتَ لِقولي قبل شهر، لَمَا حلَّت هذه المصيبة على رأسه.

جناح قسم الجراحة التاسع

اذهبوا، لا أريد شيئًا، اذهبوا!

غرفتي في الجناح: سرير حديدي، وطاولة صغيرة حديدية بجانبه. بساط مشمَّع أحمر على الأرض، وجدران زرقاء عارية. ثوب فضفاض يستر جسمي، أنكرُ نفسي داخل هذا الثوب بكُمَّيه الطويلتَين.

ذهبوا جميعًا. كنت وحيدًا. لا همس. يحل مساء غريب أجهله في الغرفة. يزداد الظلام، ويُبعِدُ عني الأشياء القليلة هنا، ويزيد من وحدتي.

يغادر كلُّ شيء الغرفةَ مع مغادرة ضوء النهار: ذكريات بيتي، وحشود الناس، وأصوات أحبائي، وأشكال كثيرة، وأجزاء حياتي، وأرنكوي، والقصر، والقطار، والباخرة، والكلية، والأطباء، والممرضات، وضوضاء الحياة، والمدينة، وأصوات النهار؛ كل شيء يبتعد. أشعرُ بفراغ في داخلي. شعور عجيب عظيم يهرب إلى أعماقي ويختفي هناك. روحي مليئة بظلمات وظلال ساكنة لا شكل لها، ووقائع مجهولة مخيفة لا تُظهِر نفسها كالأشباح تتوارى خلف الأشياء.

بابي موصود. لا أريد أن أفتحه. أظن أنِّي إذا فتحته ستدخل فجأةً جميع المصائب التي أعدَّها المستشفى لي.

أطبق الظلام، فضغطت على زر الكهرباء، فاشتعل مصباح بضوء خافت. لكنني كنت أستطيع رؤية حدود الغرفة، أما تفاصيل ما فيها فما كانت واضحة.

قُرِعَ الباب.

- ادخُلْ!

امرأة أمام الحد الفاصل بين غرفتي والممر المُضَاء. وجه أسمر يرتدي صاحبه قميصًا ناصع البياض. حاجبان أسودان، عينان قاسيتان ثابتتان دائريتان بارزتان يلمع بياضهما:

- سيأتي طعامك بعد قليل.

انسحبت. الطعام. أشمئِزُ.

أحضروا طعامي بعد قليل. لم أقترب كي أراه.

الوقت لا يمضي، تطول الدقائق وأشعر بملل رهيب، الدقائق تتفرق ولا تجتمع حتى تكون ربع ساعة.

أنظر بخشية كبيرة إلى سريري الذي سأنام عليه شهورًا، ومَن يدري كم ستكون قاسية هذه الشهور. لا أستطيع أن ألمس لحافي، أجلس على حافته كأني سأجلس لمدة قصيرة. رائحة غريبة من السرير، تتصاعد رائحة عنصر من العناصر التي تدخل في تركيب روائح المستشفى. ربما البخار.

أشتاق فورًا إلى المسافات الطويلة، إلى المروج، إلى رؤوس الجبال. أريد حركة بأي شكل، أريد شيئًا.

ذاكرتي مغلقة.

لا أذكر شيئًا أحيانًا. حتى أن أذنيَّ قد صُمَّتَا. ضيق شديد في صدري. تغدو رغبات بالصراخ وتروح.

أتجرع الماء.

قُرِعَ الباب مرة أخرى.

المرأة نفسها.

اقتربَتْ لتأخذ أطباق الطعام، فنظرَتْ إلى وجهي بنظرات مَن ينكر وجودي ولا يفهمني.

سألتني لماذا لم آكل. فأجبتها بجواب عجيب لا يوضِّح شيئًا، أجبتها بصوت متصدع، بصوت لا يليق بالإنسان.

فخرجت.

همسات في الممر.

أصوات احتكاك النِّعال بالبساط المشمع.

تتردد آهات من أجنحة المستشفى البعيدة. أهي أغنية شعبية أم صرخة ألم؟

أحس بتضخم عيني بِحيرة تزداد في داخلي كل لحظة. وكأن عالَمًا يفوق الطبيعة يُولَد حولي كل ثانية.

لا أصدِّق أنني سأقضي الليلةَ في هذه الغرفة.

أحمل بين ثنايا نفسي الرغبةَ في مواجهة القوة التي ستجبرني على البقاء هنا. ويبدأ في روحي التحرك لإعداد العدة.

رأيت زر جرس كهربائي في الجدار، فضغطت عليه شوقًا للقيام بأي حركة.

فجاءت المرأة نفسها.

وقفت عند عتبة الباب تنتظر أمرًا.

فنظرتُ إلى وجهها من غير أن أقول شيئًا.

وقفَتْ هناك: وقفت ثابتة وبياض عينَيها يلمع.

فتحت فمها، وكبُرَت عيناها.

شبح!

- اذهبوا، لا أريد شيئًا، اذهبوا!

الجدران

وتبتعد الجدران المظفَّرة.

جدران عالية عارية زرقاء مستقيمة منتصبة.

لا أرى إلا الجدران. تهرب عيناي منها فلا تجد أمامها غيرها.

كلما نظرتُ إليها، طالت وعلَت وقسَت، واصطدمت بنظراتي الخائفة اللينة اصطداما قويًّا، هذه الجدران ستفقأ عينَيَّ. أصابني دُوار.

تتسع هذه الجدران كالبحر وتحيط بي من كل جانب. أشعر ببرودتها. أرتدي الجدران كأن أمواجًا تحيط بجسدي العاري في وسط البحر قد صارت فجأة حجارة.

لا أتحرك.

تلك الجدران تلد كل جانب ساكن هادئ بارد فارغ من جوانب هذا المستشفى.

لا أستطيع أن أضع الوسادة على عيني كي أهرب منها، أظن أنها ستقف ورائي وتسقط علي.

أنظر إليها دائمًا. يمتلأ قلبي بزرقة باردة، مخلوقات مخيفة خطرة تخفي أرواحها. تقف كأن لها شعورًا، تقف كأنها تؤخِّر تنفيذ حُكمها كي تستمتع بخوف فرائسها، مع أنها مستعدة لإحداث مصيبة كبيرة كل لحظة، تقف هناك قوية من غير أن تُظهِر قوتها.

أقضي وقتي وأنا أحاربها، لكنها تمسك بالوقت في قبضتها الباردة، تحبسه، وتمنع سير حياتي سيرًا حرًّا.

يبرد دمي. أتحجَّر.

لا أستطيع الحركة مع أني راغب في الضغط على الزر الكهربائي.

أمشي قليلًا، فأراها متجهة نحوي فأتراجع.

ضغطتُ على الزر في النهاية.

أنتظر وقلبي بين جانبي يخفق.

عيناي على مقبض الباب.

لا يأتي أحد.

أضغط على الزر مرة أخرى، فلا يأتي أحد.

لا يأتون.

ضيق شديد في صدري وضغط كبير. لا أستطيع التنفس، وتنسحب الحياة من ذراعَيَّ ورِجلَيَّ كأنني ممدَّد أسفل جدار.

أستلقي على ظهري فوق السرير.

أسمع حينئذ صيحة. صرخة حادة طويلة مؤلمة. فأقوم حائرًا. مَن صرخ؟ حشد من الناس حولي، جميع العاملين في المستشفى.

آه... لكنني أرتاح، أريد أن أصرخ كتلك الصرخة، غير أن كل شيء حولي يخفت فجأة، وتبتعد الجدران المُظفَّرة. ويطغى فراغ أسود في رأسي. يقولون:

- افتحْ عينَيك...

يقولون:

- أُغمِيَ عليه.

يقولون:

- دعوه يبكي، دعوه يبكي، ذلك يريحه.

مَن يبكي؟ لا أعرف. أسمع شهقات. راحة دائمة في داخلي.

أسمع كلامهم. يقولون:

- مَن نزهة؟

يقولون:

- إنه يهذي!

أمدُّ يدي إليهم، ويظنون أنني لم أقل شيئًا.

يقولون:

- ها قد جاء الطبيب.

اقترب رجل أجهله، فتباعد الذين كانوا حولي. أمسك الرجل يدي، وصار يسأل مَن حولي أسئلة، لكنني لم أستطع إلا أن أسمع همهمة، كانت كثيرٌ من الشفاه تتحرك، فسمعت كلمات متقطعة: «صرخ... وجدناه... نزهة».

أمر الطبيب أمرًا قطعيًّا بإشارات بيديه، فخرج اثنان. ثم جلس الطبيب على السرير قرب رأسي.

بدأ يمسح على رأسي ويقول:

- جيد، ابكِ، ابكِ.

مَن نزهة؟

أهي أختك؟

- كلا، كلا... أخاف.
- لا داعي للخوف يا صغيري، انظرْ، المستشفى مليء بالناس. في هذا القسم وحده أحد عشر إنسانًا ومئات من الصغار.
- لا أعرف، أنا في أسوء أحوالي.
- إنك تفكر في أشياء سيئة.
- أخاف.
- لماذا؟ هنا كل شيء موجود، حتى الجرس. إذا خفت، اضغط عليه، كي يأتوك. كل جانب مغلق.
- كل جانب مغلق. أخاف.
- هل لأن كل جانب مغلق؟
- لا أدري... هذه الجدران...
- ما بها؟
- أُف!
- هل تفكر بشيء؟ هل تفكر بأحد؟
- كلا، لا أعرف.
- هل تريد أن ترى نزهة؟ مَن نزهة؟ أهي أختك؟
- مَن نزهة؟ أهي أختي؟ لا أعرف.
- مَن نزهة؟

- لا أعرف.
- إنك تعرف، تعرف، هيَّا، أخبرني، مَن نزهة؟ كنت تهذي باسمها.
- أخرجوني من هنا!
- هيَّا، أخبرني يا صغيري... ستتاح.
- لا أستطيع أن أبقى الليلة هنا.
- أخبرني، سأخرجك.
- الآن.
- الآن. لكن أخبرني.
- أف... لست صغيرًا.
- أعرف أنك لست بصغير.
- ركبتي تؤلمني.
- سينتهي الألم. لقد ضمَّدنا جرحك قبل قليل. لقد ضربت ركبتك حين سقطت، فنزفت.
- حين سقطت؟ مَن؟
- لا شيء. هل تؤلمك ركبتك كثيرًا؟
- لا تؤلمني ركبتي الآن، رأسي يؤلمني.
- رأسك؟
- لا أعرف... لكن مكانًا ما في جسدي يؤلمني. أهو رأسي أم ركبتي؟
- فكِّرْ.
- أشعرُ بدوار، ولا أرى جيدًا.
- لا مشكلة، أنا هنا، لا تخف... ابكِ كي ترتاح... خذ هذا وشُمَّه... ضع رأسكَ على الوسادة... جيد... ستنام الآن. أغمض عينَيك... أنا بجانبك، لا تخف، لن تبقى وحيدًا أبدًا، نَمْ!

أول صباح

جناح المستشفى يستيقظ.

دخلت امرأة غرفتي في الصباح، وفتحت النافذة. أشعة شمس على شكل مثلث فوق البساط المشمع الأحمر.

الباب مفتوح. عمل صامت. نساء بقمصان بيضاء يمسحن الأرضية بقطع قماش مثبتة على عصي.

لم تكن المرأة التي دخلت غرفتي هي المرأة التي كانت ليلة أمس. كانت قصيرة القامة محجبة بحجاب يستر نصف خدَّيها ومن الأعلى حتى حاجبيها. لم أرَ وجهها. كانت تنظر إلى الأرض ولم تلتفت إليَّ ولا مرة واحدة. الطاولة التي رفعتها عن الأرض أهم في نظرها مني. كانت تعمل بدقة. مسحت غرفتي. ثم رفعت رأسها وسألتني إنْ كنتُ أريد شيئًا، وخرجت.

استيقظتُ في هذا الصباح بعد أن نمت الليل. أشعر بألم خفيف في رأسي. أنظر بدقة كبيرة إلى أصغر حركة حولي، ويبدو كل شيء جديدًا غريبًا، لا سيما الرائحة. تتميز حياة المستشفى عن الحياة في الخارج بهذه الرائحة فقط. هذه الرائحة روح المستشفى.

يكثر عدد الناس في الممر. ويمر من أمام غرفتي موظفو الخدمة. قليل مَن ينظر إلى غرفتي، والناظر لا تكون نظرته إلا التفاتة عفوية. لا ترى أعينهم غير ما يبتغونه، كأنهم مصابون بالعمى الذي يصيب الإنسان إذا أراد شيئًا فلا يرى غيره. يمشون مشية متثاقلة.

رأيت أول مرة طفلًا مريضًا يمر من الممر. كان رأسه نحو غرفتي، رقبته وكتفاه مستقيمة، كان يخطو خطوات غير طبيعية كأنه نسي المشي، فيتعثر من حين لآخر.

ارتفع صوت خشن في الممر ينادي باسم شخص، فركض رجل وامرأة. كان ذلك أول صوت عال وأول ضجيج أسمعه.

ومرَّت جماعة من أربعة أو خمسة من الرجال والنساء.

يتكاثر الفضول في داخلي، الفضول في معرفة سبب كل حركة وكل حادثة صغيرة، أريد أن أعرف درجة علاقتها بي.

لماذا مرَّ هؤلاء الرجال؟ إلى أين يذهب ذلك الطفل؟ لماذا أُغلِقَ هذا الباب؟ باب ماذا؟ إلى أين يأخذون كرسي المريض؟ لمَن؟

دخل رجلان وامرأة غرفتي.

ما كنتُ أعرف أيًا منهم. كان الرجلان جادَّين. اقتربوا من سريري كأن وجودي في الغرفة لا يعنيهم. سأل أحد الرجلَين المرأة:

- هل تغيَّرت أوراق الفحص؟ هل قاسوا درجة حرارته ليلة أمس؟ أليس هذا المريض الذي صرخ؟

اقترب مني ووضع مقياس الحرارة تحت إبطي من غير أن ينظر إلى وجهي. أما الرجل الآخر فقال بالفرنسية: «ربما سيقطعون رِجله في العملية الثانية. أعصابه ضعيفة، والجسد أيضًا في خطر. يخشى الجرَّاح من وجود مرض في الكبد».

فأجاب الآخر بالفرنسية أيضًا: «إنهم يرسلون المرضى الخطيرين إلى هنا. لقد تحول هذا المكان إلى ثلاجة أموات. ثم يقطعون المُخصصات من النقود».

نظر نظرة قاسية إلى مقياس الحرارة، ووضع إشارة على الورقة عند رأسي.

ثم التفت إليَّ وقال:
- سأكتب لك ثلاث وجبات. كلْ جيِّدًا! انظرْ إنك ضعيف. هل فهمت؟
كان سؤاله فظًّا يدلُّ على غضبه وسأمه من عمله، فقلتُ له بلهجة توحي بكرهي سؤاله: «حسنًا».
ثم كتب شيئًا على الأوراق مرة أخرى، وخرجوا.
شعرتُ فجأةً بوحدة شديدة، لو أن وجهًا معروفًا بدا عند باب الغرفة، لصرختُ فرحًا، وفررت من سريري، وعانقته، وتوسَّلت إليه أن يحملني من هذا المكان.
كان الممر يزداد ازدحامًا. ومرَّ بعض من الصغار المرضى. وبدأت همهمات المرضى وهمساتهم في الأبهاء القريبة.
كان ضجيج المستشفى يرعبني أيضًا كسكونه. ما استطعتُ أن أُبعِد شبهة أن جميع ما يجري في الخارج ما هو إلا لإيذائي. كلما اقترب وقع أقدام أحدهم من غرفتي، كانت فرائصي ترتعد كما لو أنه نذير شؤم.

ساعة الصيحات

مدرسة تعلِّم الكف عن الصراخ.

بدأت عمليات التضميد.

مرَّت من أمام الباب ممرضة تحمل بين ذراعَيها طفلًا عمره سبعة أو ثمانية أعوام.

استوحش الممر، وانقطعت الأصوات، وسكنت روح الجناح، وبدت كأنها تحيط باضطراب أحدهم.

صيحة قوية، تردد صداها في أرجاء الممر. ثم انقطع الصوت. همهمات، أنين طويل ممزوج بصيحات خفيفة.

تراجعت والتصقتُ بالسرير. كنت أقبض على اللحاف كأني أعصره.

ومرَّ طفل ملفوف الذراع. لا صوت. أنتظر. وضعتُ يدي على قلبي خوفًا وفزعًا.

وقف رجل عند بابي.

وقال لي:

- اِستعِدْ، أنت التالي.

التالي في ماذا؟ لا أعرف. عملية؟ أم تضميد؟ ماذا سيفعلون؟

وانطلقت صيحة أخرى دخلت كالبرق من فتحة أذني، فأحرقت جسدي خوفًا ومزَّقته. ارتخت أعضاء جسدي فجأة وانْهَرْتُ.

دخلت الممرضات غرفتي، وقالت إحداهن:

- هيَّا، تعالين.

مددتُ رِجلي مرتجفًا، رأيت نعلي، لكنني ما استطعتُ أن أُدخِل حتى رِجلي السليمة فيها، كانت نعلي تفر مني فلا أستطيع أن أرتديها.
فقالت إحدى النساء:

- لا تخَف، لا تخَف... إنه تضميد فقط! كل يوم سنضمِّد جرحك... عليك أن تعتاد!

ثم أمسكْنَ من ذراعي وساعدنَني في الوقوف.

حينما دخلت غرفة التضميد ورأيتُ الجرَّاح ارتحتُ قليلًا، ولكنه لِجديَّة عمله نسي ما يميزني عن المرضى السابقين، فتجاهلني واكتفى بأمر المضمِّد قائلًا:

- فليستلقِ على السرير!

استلقيتُ على السرير. وحلُّوا الرباط من ركبتي بسرعة. ووقف الجرَّاح عند رأسي، وقال وهو ينظر إلى الجرح:

- ماذا فعلتَ ليلة أمس؟ لقد استنفرتَ المستشفى كله. هل تظن أنك الوحيد هنا؟ هنا صغار أعمارهم ست سنوات. لكن المرض أتعبَ أعصابك. سنرى... همم... هذا لأنك وقعتَ على الأرض... ضرر كبير... حسنًا، حسنًا، قف... لا تخف! قليل؟ حسنًا... قف، قف... همم... جيد...

ثم أمرَ مَن بجانبه:

- الضماد.

والتفت إليَّ وقال:

- سنجري غدًا العملية الأولى. وسنعلم النتيجة بعدها. هذا يكفي اليوم.

ثم وضعَ يدَه على خدي وقال:

- هيَّا... لا داعي للخوف... ستخرج من هنا بعد أن تتعلم ألا تصرخ!

العملية

ظِلٌّ يخيف أكثر من أصله.

جاءت أمي والسيد مدحت وصديقي بعد الظهر.

أمسكت أيديهم التي امتدت نحوي كأني في قعر هاوية. كانوا يسألونني أسئلة تحتاج الإجابة عن إحداها ساعات طويلة. ما أجبت عن أي منها. اختصرتُ مئات الكلمات بحركة من رأسي أو نظرة أو تنفس وبقيت صامتًا.

لقد جاؤوا في ساعة تسري فيها الحياة في المستشفى، ما كانوا يعرفون ليل هذه الغرفة وصباحها. كان ثمة اختلاف كبير بين المستشفى في هذه الساعة التي تكثر فيها الحركة وبين المستشفى حين تتحرك ظلال الجدران، وينطق الفراش، وتتداخل الأشكال الحية في الممر. إن هذه الساعة لا تخبر بشيء لمَن يريد أن يعرف حالي ليلة أمس.

لذلك لم أقل شيئًا، واكتفيتُ بقولي: «استوحشتُ قليلًا أول ليلة». ما عرفوا ما حدث.

جلسوا حتى المساء. لم يستطيعوا أن يخفوا سعادة الصحة، لكن ذهن أمي كان يشرد من حين لآخر.

كيف تهرب الصحة التي لا ندركها - ما لم تبتعد عنَّا - من شعور ذوي الأجسام السليمة؟ كيف تهرب منهم بانعدام الإحساس بها نتيجة اعتيادها وأين تختبئ؟ أنا أراها لأنها بعيدة عني: أراها في وجه السيد مدحت المشرق، وفي أوردته المحمرَّة، والراحة في جلوس صديقي، وفي مدِّ رِجلَيه، وفي عينَيه اللتَين تخلوان من خوف.

جلسوا حتى المساء ثم ذهبوا. نظرتُ قليلًا إلى الجرائد وحاولت كثيرًا أن أنام.

وفهمتُ أنني وفِّقت في محاولتي حين استيقظتُ قبل حلول الصباح. لم أستطع أن أنام مرة أخرى.

أردتُ أن أستقبل هذا اليوم المهم استقبالًا حسنًا، فاليوم يوم عمليتي.

كنتُ أتنفس أنفاسًا مرتجفة، وأشرب كثيرًا من الماء. أخاف من خوفي ساعة العملية.

هذا النوع العميق من الخوف لا يُحتَمَل، فالخوف الذي هو ظل المصيبة يكون قبل وقوعها أشد بألف مرة في الروح من المصيبة نفسها. ظل مخيف أكثر من أصله كلما اقترب من نور المخيلة، امتد وكبر في الروح.

تنفد قِواي كلها مع دخول أشعة الصباح الغرفة، كل صوت وكل فتحة للباب وإغلاقه وكل صيحة خفيفة وكل همهمة تسحبني إليها وتربطني معها وتهز كياني بتأثير يضرب أعماق وجودي.

زيارات الصباح المعتادة. صحوة جناح المستشفى. التنظيف. المرأة التي تدخل غرفتي. جرُّ المرضى الصغار إلى الممر. أصوات وضجة وحركات تزداد مرة أخرى.

رجل يقف عند بابي. (جاء في وقت أبكر هذه المرة)

- إِستعِد، العملية الأولى عمليتك.

أشعر أن وجهي اصفرَّ.

أريد أن أواجه المصيبة كي أنجو من الخوف الذي يهز روحي هزًّا تحت أثقاله. العلاج الوحيد لعدم الخوف من الألم هو الألم نفسه، ولا يطفئ هذه النار إلا النار.

دخلت الممرضات. فنزلتُ من السرير حتى لا أمنحنهن فرصةً لقول شيء، وارتديت نعلي بسهولة. لكنني كنتُ كالسفينة ذات أشرعة تُرِكَت لرياح الحظ، مشيتُ ولم أدرِ كيف انتقلتُ من غرفتي إلى غرفة العمليات.

غرفة ناصعة البياض، حارة كحمَّام. صوت بقبقة الماء المغلي. لا تستطيع العينان المنبهرتان أمام بياض القمصان الثابتة والمتحركة أن ترى حدود الأشياء.

صمت مطبق يكاد يدمِّر الغرفة كلها. عالَم مختلف ينسي المرء كيف كانت الحياة. غرفة أحلام.

رائحة مخدِّر، ربما الكلوروفورم. أرى حب العمل في الجميع فيُشعرني هذا بأهمية التجربة التي سأخوض غمارها. أعمال كبيرة تؤدى بإشارة صغيرة من الجرَّاح.

مدَّدوني على طاولة العمليات. حولي أصحاب القمصان البيضاء. لا أستطيع أن أرى شيئًا بوضوح.

وضعوا قطنًا فوق عيني.

وغطوا وجهي بقناع.

– خذ نفَسًا عميقًا!

احترقت قصباتي الهوائية. أريد أن أنام وأن ابتعد سريعًا. تنفست نفَسًا بقوة.

تبتعد الأصوات بين الضباب الحار نحو الخلوات وتتلاشى.

وجدتُ نفسي لحظة لآخر مرة ثم فقدتها.

ملاحظات

مَن لا يمر بمرض شديد، لا يستطيع أن يدعي أنه يفهم كل شيء.

- التضميد الرابع اليوم. قال الجرَّاح:
- جيد
- أشعر بملل.
- إذا خصصت ست ساعات للنوم، ستبقى ثماني عشرة ساعة للفراغ كل يوم.
- يتراكم ما عليَّ أن أراه وأسمعه وأتذوقه وأقرأه وأكتبه وأفعله، حتى أنني أخشى أن حياتي لن تكفي لهذا كله بعد اليوم.
- أنا مدين لنفسي بالكثير. إذا لم أستطع أن أفي بوعدي لنفسي، فلن أستطيع أن أنظر إلى المرآة من خجلي.
- بين أربعة جدران.
- أملُّ من القراءة لأنني أجدني أهم من أبطال الكتب، لكن تمنعني أنانية ألمي من الكف عن القراءة.
- أنظِّم غرفتي، وأرتِّب طاولتي. يتبعثر ما عليها فأرتِّبها مرة أخرى. لا ينتهي هذا العمل. ماذا أفعل؟ لا شيء. إلى أين أنظر؟ لا شيء. ماذا أسمع؟ لا شيء. عيناي، أذناي. مفاصلي جائعة تشتاق إلى الألوان والأصوات والحركات.
- يغني المرضى في القسم المجاور أغاني شعبية. صيحات من غرفة التضميد.

- التضميد السابع. قال الجرَّاح: «أنقذنا رِجلك. لكن لن تلمس الأرض».
- بطاقة من نزهة. تطلب العفو لأنها لم تستطع أن تزورني. يستطيع المرضى أن يعفوا ولكن...
- اليوم خريف. استقبلتني ريح باردة في الحديقة اليوم.
- اليوم السابق...
- اللعنة على جميع سقوف الدنيا. سئمت من الاستلقاء على ظهري.
- أصاب الفالجُ والدَ نزهة. يهذي باسمي. لم يعقدوا عقد زواج نزهة والسيد راغب بعد.
- اعتدتُ المستشفى.
- تبدأ سعادة جديدة لأن الألم كلما اشتد، لم يبقَ خوف من فقدان السعادة: علاج الألمِ الألمُ. وحاصل ضربهما: السعادة.
- سأخرج من المستشفى خلال ثلاثة أيام. وسيضعون الجبيرة على ركبتي حين تلتئم الجراح. لن يتحرك المفصل أبدًا، وستقصُر رِجلي.
- سيُعقَد عقد زواج نزهة والسيد راغب هذا الخميس.
- سأخرج غدًا من المستشفى...
- أخاف من العيش في الخارج.
- اعتدتُ الألمَ والتوكلَ هنا اعتيادًا إذا ما تركتهما هنا سيجعلانني أشعر بفراغ كبير كأنني فقدت قطعة من روحي. وإذا لم أتركهما فكيف سأعيش من غير تمرد؟
- تختلط مشاعر الغبطة تجاهي مع قليل من الرحمة عند الباقين هنا في المستشفى. يقصر الأشخاص النادرون السعادةَ القليلة التي يعرفونها على أنفسهم. هذه السعادة التي يجهلها غير المرضى سأذكرها على الأقل في المستقبل.

- التصاق مفصل بزاوية قائمة.
- لو أكتبُ رواية لتُقرَأ يومًا في المستشفيات وأضع فيها ملاحظاتي هذه...
- مَن لا يمر بمرض شديد، لا يستطيع أن يدعي أنه يفهم كل شيء.
- لا اثنين متقاربين مثل مريضَين.
- ما أقل فهم غير المرضى لنا!
- خبر من الباشا: «فليأتِ إليَّ ما إنْ يخرج من المستشفى، موتي قريب، أريد أن أراه مرة أخيرة».
- سأخرج من المستشفى بعد خمس دقائق. ملاحظتي الأخيرة. سيتأوَّه آخرون في هذه الغرفة. أعرفهم جيدًا من الآن. سيكون الإنسان نفسه داخل هذا الثوب الذي خلعته ورميته على السرير مريضًا.
- دخلت أمي والسيد مدحت وصديقي: «هيَّا...»

5 تشرين الأول/ أكتوبر 1915
جناح قسم الجراحة التاسع

- النهاية -